piège pour un marquis

J'AI LU

Barbara Cartland est une romancière anglaise dont la réputation n'est plus à faire.

Plus de trois cents romans variés et passionnants mêlent aventures et amour.

Les Éditions J'ai Lu *en ont déjà publié plus de quatre-vingts que vous retrouverez dans le catalogue gratuit disponible chez tous les libraires.*

Les Éditions J'ai Lu *publient également* Les romans préférés de Barbara Cartland, *un choix des livres qui ont enchanté sa jeunesse.*

BARBARA CARTLAND

piège pour un marquis

traduit de l'anglais par Hélène de LAVERGNE

Éditions J'ai Lu

Ce roman a paru sous le titre original :

CAUGHT BY LOVE

NOTE DE L'AUTEUR

La conspiration de la rue Caton a réellement existé. Et ce fut bien l'œuvre d'un certain Thistlewood, jeune homme de bonne famille qui en était vite devenu la brebis galeuse. Il avait projeté de tuer tous les ministres anglais lors d'un dîner place Grosvenor, le 23 février 1820.

Le maître de maison fut prévenu le matin même de l'attentat; le duc de Wellington demanda au Premier ministre de ne rien changer à ses projets, mais les autres membres du gouvernement n'avaient guère envie de rencontrer les assassins!

Finalement le dîner fut annulé, mais les serviteurs n'ayant pas été prévenus, le chef cuisinier, un Français, prépara un magnifique repas. Les espions de Thistlewood, voyant entrer de nombreux invités dans une maison de la rue (deux numéros plus loin, chez l'archevêque d'York), crurent qu'il s'agissait de leurs victimes et allèrent annoncer rue Caton que tout se déroulait comme prévu.

Les conspirateurs descendirent par l'échelle du grenier à foin et se firent cueillir par un groupe de policiers. Thistlewood se défendit avec son épée; il tua le chef des forces de l'ordre. Quelqu'un souffla les lanternes et le combat se poursuivit dans l'obscurité. Thistlewood réussit à s'échapper. Il fut pris le lendemain.

Il y eut procès. Cinq hommes furent condamnés à la pendaison, dont le chef du complot; les autres furent déportés en Australie.

1

Le marquis de Broome réprima un bâillement. L'atmosphère surchauffée de Carlton House, la résidence du Régent, lui paraissait plus oppressante que d'habitude, et il se demandait quand il pourrait enfin s'éclipser.

Sans doute admirait-il le prince, mais ces soirées interminables qui se succédaient sans interruption ni variété l'excédaient.

En revanche le cœur du Régent, lui, ne s'abandonnait pas à la monotonie : pour le moment lady Hertford semblait sur son déclin, tandis que la marquise de Coningham avait toutes les chances de lui succéder comme maîtresse en titre.

« Finalement, songeait Broome, ce sera encore une femme d'âge mûr, grande et forte, dont la conversation n'apportera aucun ton nouveau et trahira une ignorance profonde de l'opinion populaire. »

Le marquis appréciait toutefois sans réserve la collection de tableaux du prince et cet ensemble unique de meubles, statues et objets d'art qui donnaient un peu à Carlton House l'apparence d'un musée.

Il bâilla franchement et lord Hansketh qui passait devant lui s'arrêta pour demander :

– Es-tu mort d'ennui ou simplement fatigué par tes « excès » de la nuit dernière, mon cher Ivo?

– Je m'ennuie, répliqua sèchement le marquis.

– Tu as pourtant le chic pour te réserver les femmes les plus charmantes! continua Henry Hansketh sans se troubler. Celle que tu m'as abandonnée hier soir bavardait comme un moulin à paroles, et la chose que je déteste le plus au monde c'est une femme qui vous casse les oreilles au petit matin!

Comme le marquis ne répondait rien, son ami se rappela qu'il avait pour principe de ne jamais parler des beautés qui retenaient son intérêt, figurantes à l'Opéra, dames de qualité ou courtisanes.

Pour changer de sujet, il remarqua :

– Prinny ne va pas tarder à se retirer. En prenant de l'âge il ne prolonge plus autant ses réceptions. C'est tout bénéfice pour nous!

– Entièrement d'accord! Je me souviens d'une époque où le Prince de Galles ne se fourrait pas dans ses plumes avant le lever du soleil!

Lord Hansketh éclata de rire.

– Ses trois plumes blanches(1)! Oh! j'en prends note, Ivo! Encore un de tes bons mots!

– Je t'en fais cadeau. Tu sauras le placer, je n'en doute pas.

Henry eut un large sourire :

– Pourquoi pas? Tu as un don pour nous amuser! Personne ne t'arrive à la cheville. Voilà au moins une chose que je peux te voler en étant assuré de l'impunité...

(1) L'écusson du Prince de Galles est encore de nos jours surmonté de trois plumes blanches.

Le marquis n'écoutait plus son ami. Il observait le Régent qui, offrant son bras à lady Hertford, l'entraînait hors du salon chinois. Peut-être, avec un peu de chance, pourrait-il lui-même quitter Carlton House dans les dix minutes?

Comme s'il avait suivi le cheminement de ses pensées, lord Hansketh lui demanda :

– Où vas-tu maintenant? Voyons, je me fais fort de nommer qui t'attend à cette heure!

– Garde tes sous-entendus pour d'autres! Dès que je serai sorti d'ici, je me mettrai en route pour Broome.

– A cette heure de la nuit?

Le marquis inclina la tête :

– Je dois absolument tester un cheval que je désire monter pour le steeple-chase de dimanche.

– Tu gagneras, bien entendu?

– Cela dépendra du cheval.

Suivit un silence, puis lord Hansketh poussa une exclamation :

– J'y suis! Je sais de quel animal tu parles! Un étalon qui vient de l'écurie du pauvre d'Arcy! Tu t'en es rendu acquéreur à la dernière vente.

– Oui, tu as deviné juste. Je guignais Agamemnon depuis longtemps et d'Arcy me l'avait soufflé lors d'une adjudication où je n'avais pu me rendre.

– Agamemnon! Je m'en souviens parfaitement! Une bête splendide! Il avait fallu trois hommes pour le conduire sur l'estrade.

Un sourire passa sur les lèvres du marquis.

– J'avais proposé à d'Arcy de le lui racheter, mais il voulait le garder pour faire monter les prix; ou pour le dresser lui-même. Il n'en a pas eu le temps!

– Et toi, tu vas le mater en un tournemain!

s'exclama Henry avec une sorte d'acidité dans la voix.

– C'est bien mon intention.

Broome parlait avec une assurance dénuée d'orgueil et une inébranlable confiance en lui.

Bâti en athlète, il dépassait de la tête les autres hommes présents et on ne pouvait déceler une once de chair superflue dans sa carrure mince et musclée.

Le marquis était fort envié pour ses succès sportifs et il avait un public de fidèles supporters qui l'applaudissaient sur les champs de courses.

Cependant ses amis les plus proches avaient bien du mal à le comprendre et le jugeaient insaisissable, déconcertant.

Ainsi toutes les jolies femmes étaient prêtes à se jeter à son cou, et pourtant il avait la réputation d'être extrêmement difficile; on le disait sans cœur, et parfaitement insensible.

– Je t'assure, il est cruel, cruel!... avait sangloté une beauté à la mode chez toutes ses amies.

Cette déclaration avait surpris car le marquis de Broome était résolument opposé à toute forme de cruauté.

Par l'effet de sa seule influence, il avait réussi à rendre impopulaires les combats de chiens contre un taureau. Sur ses vastes domaines le port des éperons était interdit, et quand dans les rues de Londres il voyait un charretier rudoyer ses chevaux, il lui arrachait son fouet des mains et lui administrait une solide correction.

Toutefois il demeurait de marbre devant les larmes d'une femme, même si ses pleurs rehaussaient sa beauté ou la rendaient très émouvante.

Conformément aux règles non écrites du bon ton,

il gardait une « merveilleuse » sous sa protection. C'était le plus souvent une courtisane en vue, convoitée par les dandys et enlevée juste sous leur nez, à leur grand dépit!

– Voyez-vous, disait souvent lord Hansketh à ses camarades de club, je suis sûr que Broome ne s'intéresse pas vraiment à ces femmes qu'il installe dans son petit nid de Mayfair, et qu'il couvre de diamants. Simplement, cela le distrait de voir nos mines déconfites! Il sait bien que nous ne sommes pas en mesure de faire monter les enchères!

Un jeune homme avait pris la chose assez mal :

– Selon vous, Broome aurait séduit Rosine sans réellement se soucier d'elle? Oh! dans ce cas, je vais lui envoyer un pruneau en travers du corps!

Henry Hansketh avait éclaté de rire :

– Mon pauvre Christie, vous n'avez aucune chance! Ivo est de première force au pistolet et, jusqu'à présent, il est sorti vainqueur de tous ses duels.

– Cela ne durera pas toujours! Pourquoi devrait-il gagner chaque course, chaque duel et conquérir toutes les femmes?

Hansketh riait toujours.

– Vous êtes jaloux! Et vous ne devriez pas l'être, car moi qui connais bien Ivo, je sais qu'il n'est pas heureux.

– Pas heureux! Quelle blague! Avec sa fortune, et tous les domaines qu'il possède...

– Je persiste à dire que Broome est insatisfait; il lui manque une chose...

– Laquelle?

Lord Hansketh n'avait pas répondu mais en regagnant son logis après cette discussion, il avait trouvé la réponse : pendant les nombreuses années où il avait vécu très proche du marquis, jamais il ne l'avait connu amoureux.

Ils étaient encore très jeunes lorsqu'ils avaient combattu ensemble sous les ordres du général Wellington. A cette époque Ivo n'avait pas hérité de son titre de marquis. C'était le plus bel officier des Life-Guards et aussi le plus téméraire, le plus gai, et le plus populaire.

Durant leurs permissions les deux amis appréciaient la compagnie de charmantes personnes, qu'elles fussent femmes du monde ou de petite vertu.

Pendant que ses camarades se mettaient en quatre pour conquérir la dame de leurs pensées – sans toujours y parvenir –, Ivo ne manquait pas de bonnes fortunes. Mais si jamais il soupira pour une belle, ses intimes ne s'en aperçurent point.

En revanche, les belles soupiraient pour lui, et Henry en savait quelque chose : depuis dix ans des billets parfumés se succédaient place Berkeley de l'aube au crépuscule. Ivo les lisait-il ? Y répondait-il ? Peut-être même ne les ouvrait-il pas !

Les langues marchaient bon train mais aucune rumeur ne courait sur un éventuel mariage du marquis.

Henry s'interrogeait à présent sur ce voyage projeté en pleine nuit. Broome partait-il seul, ou en aimable compagnie ? Demanderait-il à son ami de venir le rejoindre ?

Lord Hansketh aimait par-dessus tout monter les merveilleux chevaux du marquis; en outre ils étaient camarades depuis tant d'années qu'ils ne manquaient jamais de sujets de conversation. Les heures passées ensemble se révélaient à chaque fois non seulement intéressantes, mais aussi très agréables.

Et soudain Henry se rappela qu'il avait promis au Régent de l'accompagner le lendemain matin, lors de sa visite quotidienne au palais de Buckingham, pour s'enquérir de la santé du roi.

Sa Majesté s'affaiblissait de jour en jour. George III avait quatre-vingt-deux ans et il était devenu extrêmement maigre et fragile.

Ces visites déprimaient le Prince de Galles, et il avait pour habitude de se faire accompagner par une personne en laquelle il plaçait sa confiance et son amitié.

Lord Hansketh se tourna vers le marquis :

– Quand reviens-tu?

– Je ne suis pas fixé... Mercredi, peut-être, ou jeudi.

– Si tu n'es pas à Londres vendredi, je viens te rejoindre!

– Ceci m'encouragerait plutôt à rester à la campagne. Pourquoi tous ces gens s'incrustent-ils dans la capitale, quand la chasse est ouverte?

– Je suis d'accord avec toi, Ivo. Ces salamalecs et mondanités sont vraiment insupportables!

Le marquis suivait toujours des yeux le Régent qui s'attardait en adieux prolongés.

– On murmure que le roi est à toute extrémité, assura-t-il. Prinny sera contraint d'annuler ses réceptions, et nous jouirons d'un peu de liberté!

– Tu me redonnes du courage! Mais je me demande si ces austères décisions nées de l'amour filial tiendront longtemps...

Broome garda le silence, mais l'expression dubitative de son regard parlait pour lui.

Si Henry n'était pas capable de fuir les fêtes de

Carlton House, son ami, lui, était bien décidé à se dégager au plus tôt de cette contrainte.

Le Régent se tenait enfin dans l'embrasure de la porte. Les dames se courbèrent en profondes révérences, les messieurs saluèrent de la tête. Enorme et rougeaud, le prince conservait néanmoins un charme auquel on ne pouvait demeurer insensible. Tenant toujours lady Hertford par le bras, il disparut sur un dernier adieu.

Aussitôt le marquis s'exclama :

– Je file! Profites-tu de ma voiture, Henry?

– Non, merci. Je dois parler à une ou deux personnes avant de m'en aller. Ne reste pas trop longtemps à Broome! Quelle chance tu as de respirer l'air de la campagne et de monter de fameux chevaux comme cet Agamemnon!

Le sourire fugitif qui éclaira les traits du marquis apprit à son ami qu'ils partageaient les mêmes pensées.

– Henry, le mieux serait que tu viennes me rejoindre mercredi soir. Même si on a besoin de nous ici, nous ne reviendrons en ville que le lundi suivant.

– Entendu, Ivo. J'avais promis à certaine personne – très charmante! – de dîner avec elle jeudi, mais je lui enverrai un mot d'excuses. Compte sur moi!

Le marquis n'attendit pas la réponse de son ami. Il traversa à grands pas le salon chinois en évitant avec habileté la princesse de Liéven, femme de l'ambassadeur de Russie. C'était une femme d'esprit, célèbre pour son intelligence et son sens politique, très libre d'allure et qui depuis quelque temps semblait avoir jeté son dévolu sur Broome, mais sans succès.

Il descendit rapidement l'escalier à double révolution qui avait frappé d'admiration les visiteurs lors de sa réalisation, et parvint dans le vaste vestibule aux colonnes de marbre d'une couleur marron foncé.

Un valet plaça sur ses épaules sa cape doublée de fourrure. Le marquis franchit la porte surmontée d'un fronton corinthien; dès qu'il apparut au sommet du perron, un aboyeur cria de sa voix de stentor :

– La voiture du très noble marquis de Broome!

Celui-ci avait prévenu ses gens qu'il partirait le plus tôt possible. Son attente fut donc brève. Les regards des personnes présentes se tournèrent d'un même mouvement vers six pur-sang d'un noir de jais, parfaitement assortis. La voiture quant à elle était si légère et si bien suspendue que ses roues peintes en jaune vif semblaient ne pas toucher le sol.

Broome prit place à l'intérieur. Son laquais posa sur ses genoux une couverture de zibeline et ferma la portière décorée aux armes du marquis. Puis il s'assit sur le haut siège arrière et les chevaux s'élancèrent.

Ivo ne supportait aucune perte de temps pendant qu'il voyageait. Ses cochers devaient le conduire à l'allure folle qu'il adoptait lui-même quand il prenait les rênes, et ce train d'enfer rendait ses passagers blancs d'effroi, figés sur le bord de leur siège et se demandant si leur dernière heure était arrivée.

Le marquis nc partagcait pas leurs craintes.

A l'inverse de tant de « fouets » notoires, qui détestaient se faire conduire, il se fiait à scs employés, des hommes d'expérience qui le servaient depuis de nombreuses années.

Les chevaux traversèrent le Mall au trafic encore intense et quand ils arrivèrent dans la calme rue Saint-James, le marquis s'adossa au capitonnage bien rembourré, puis allongea ses jambes et posa ses pieds sur la banquette opposée.

Celle-ci était recouverte d'un épais coussin, non seulement pour servir de siège à l'occasion, mais surtout pour dérober aux regards une sorte de coffre-fort où le marquis enfermait des objets précieux lors de ses voyages.

Si des bandits de grands chemins arrêtaient le véhicule, ils fouilleraient les passagers ainsi que les bagages, mais n'auraient pas idée de chercher en cet endroit.

Broome lui-même avait imaginé cette cachette, prenant soin qu'elle fût assez large et profonde pour contenir des plats d'argent ou des fusils aux riches incrustations.

La voiture tourna dans Piccadilly. Le marquis ne songeait point à cet ingénieux dispositif, mais au plaisir que lui apporterait le dressage d'Agamemnon. Il attendait avec impatience de se mesurer avec ce magnifique cheval : il déploierait tout son savoir-faire de cavalier confirmé pour mettre l'étalon au pas.

Toutefois, il se sentait un peu fatigué, comme l'avait remarqué lord Hansketh.

Il était certes difficile d'abattre son énergie, mais il avait veillé tard les nuits précédentes et il s'était levé comme à l'accoutumée pour faire sa promenade quotidienne dans le parc avant que les autres cavaliers ne viennent encombrer les allées.

De plus il avait passé la matinée à Wimbledon pour assister à un pugilat entre deux boxeurs dont l'un était son protégé, et celui-ci comme prévu avait gagné le combat.

Ensuite Broome avait déjeuné avec le Premier ministre et un membre de son cabinet. Ils avaient évoqué de graves problèmes de politique internationale, et cette épidémie d'émeutes et de violence qui s'était abattue sur l'Angleterre en 1815 et qui menaçait de renaître à présent.

Beaucoup d'hommes haut placés jugeaient de telles craintes sans fondement. Néanmoins, lord Sidmouth partageait l'avis du marquis : pour lui « les nuages qui s'amoncelaient au nord du pays allaient bientôt crever ». Il s'était aussi entretenu avec lord Elton, le ministre des Finances, et lui avait marqué la nécessité de posséder « les moyens suffisants, légaux ou non, pour détruire cet esprit de révolte ».

Les amis d'Ivo ignoraient qu'en de tels conciliabules privés l'avis du marquis était reçu avec attention, et ses conseils écoutés.

– Quelque chose doit être fait, et vite! se disait-il, comme la voiture traversait les faubourgs de Londres. Nous aurons certainement de graves ennuis si les réformes promises tardent trop.

Et il se mit à passer en revue les décrets qu'il prendrait s'il était Premier ministre.

A présent les chevaux galopaient en rase campagne à une vitesse impressionnante sur la grand-route asséchée par une semaine sans pluies.

En préparant son voyage, Broome avait tenu compte de la pleine lune, aussi le cocher n'avait-il pas besoin de se fier à la lueur vacillante des deux lanternes pour se diriger dans les ténèbres. On voyait clairement le chemin sous un ciel illuminé d'étoiles, à travers un paysage baigné de lune.

Il ne fallait que deux heures pour atteindre le domaine situé au sud de Londres, dans le Surrey.

Le marquis commençait à s'assoupir quand il sursauta. Ce n'était pas un cahot de la voiture, mais ses pieds inexplicablement semblaient poussés vers le haut. Sans doute les domestiques avaient-ils négligé de fermer le couvercle de la cachette.

Avec un geste de colère il se dressa en repoussant l'encombrante couverture; il souleva le coussin et tendit une main pour tâter la serrure.

Or à sa grande surprise le couvercle se souleva encore et au clair de lune il put voir qu'on le poussait de l'intérieur.

– Que diable...? murmura-t-il.

Aussitôt, il bondit pour saisir entre ses doigts d'acier ce qui se trouvait dans le coffre-fort. Il entendit un cri de douleur et sentit sous son étreinte quelque chose de souple et de tiède qu'il tira brusquement vers lui.

Un jeune garçon à la chevelure ébouriffée tomba sur le plancher en récriminant .

– Arrêtez! Vous me faites mal!

– Qui êtes-vous? Que faites-vous dans ma voiture?

– Je me cachais...

L'intrus penchait la tête pour se frotter le cou, et Broome ne pouvait voir qu'une masse de bouclettes blondes.

– J'imagine que vous espériez me dérober ce qui vous tomberait sous la main? dit-il avec âpreté. La voiture a été réclamée plus tôt que vous ne le pensiez, hein?

L'inconnu ne répondit pas. C'était un garçon de petite taille, plutôt frêle, ce qui expliquait qu'il ait pu tenir dans le coffre. Il continuait de se frotter le cou, tête baissée.

Au bout d'un moment le marquis demanda :

– Je voudrais surtout savoir comment vous avez eu connaissance de cette cache sous le siège, et comment vous avez pu l'ouvrir, car elle est fermée en permanence ?

Un visage se leva vers le sien, une figure assez maigre avec un menton pointu et des yeux très clairs.

Comme le silence s'éternisait, le marquis se fâcha :

– Il me faut une réponse, je l'exige ! Et dites-moi la vérité, sinon je vous livre à mes domestiques : ils vous délieront la langue !

– Je ne vous ai rien pris, monsieur ! Comme je vous l'ai déjà expliqué, je me cachais.

Le marquis fut frappé du ton de sa voix, qui trahissait une bonne éducation. Il s'étonna aussi de n'y déceler aucune crainte, et l'attitude du jeune homme, tranquillement assis sur le tapis, dénotait une assurance déconcertante.

Ses vêtements étaient soignés, et sa veste courte ressemblait à celles que portent les étudiants d'Eton pendant leurs années de collège. Mais au lieu de la chemise blanche à col montant on ne voyait dans l'échancrure qu'une écharpe de soie noir au nœud volumineux.

– Votre conduite réclame des éclaircissements, et je suis en droit de les obtenir ! dit le marquis sur un ton plus doux.

– Je ne faisais rien de mal. J'ai simplement profité de votre voiture sans votre accord. Je descendrai quand nous serons loin de Londres et vous n'entendrez plus parler de moi, répliqua l'intrus.

Il eut un demi-sourire et ajouta :

– Vous auriez pu ne pas soupçonner mon existence, mais malheureusement je souffrais de crampes et je manquais d'air à un point tel que j'ai cru mourir d'étouffement !

– Vous l'auriez mérité ! dit sévèrement le marquis. J'attends toujours vos explications quant au choix de mon véhicule, et votre connaissance de ma cachette secrète.

Le garçon eut un large sourire :

– Pas si secrète ! Mon oncle a exactement le même coffre-fort dans la berline qu'il vient de se faire livrer !

Broome eut un haut-le-corps :

– Impossible ! C'est moi qui ai imaginé ce dispositif ! Le carrossier m'a juré sur son honneur qu'il n'y aurait aucune réplique...

Il fut interrompu par une cascade d'éclats de rire.

– J'admire votre confiance dans le genre humain ! Personne n'est à l'abri d'un brin de corruption ! Même les gardiens de la tour de Londres vendraient leurs secrets d'Etat si on les payait en conséquence !

– Sacrebleu ! Je ne m'adresserai plus jamais à ce faux jeton ! s'écria le marquis.

– Pour être tout à fait véridique, sachez que mon oncle n'a pas traité avec le fabricant mais avec un de ses employés qui a été ensuite renvoyé pour malhonnêteté.

Le marquis pinça les lèvres.

– Vos récits me semblent aussi répréhensibles que vos actions ! Qui êtes-vous ? Dites-moi votre nom.

– Je ne vous répondrai pas, monsieur, déclara le

jeune garçon avec une dignité inattendue. Je vous prie de me déposer dans la première ville que nous traverserons. Puis vous oublierez mon existence.

– Voilà une étrange requête! Mais je veux en connaître plus long sur votre compte avant de vous abandonner sur le bord de la route.

– Pourquoi ces questions? Je vous l'ai déjà dit, vous n'auriez pas deviné ma présence une seconde si je n'avais pas été obligé de respirer de l'air frais. J'ai cru m'évanouir...

– Maintenant vous vous portez comme un charme, asseyez-vous donc en face de moi, que je puisse vous regarder pendant que vous me débiterez votre histoire.

De nouveau le jeune garçon éclata d'un rire convulsif.

– Vous ne me croiriez jamais! Oh! Votre Honneur, demeurez dans l'ignorance, je vous assure que cela vaut mieux pour vous! Ne cherchez pas à savoir pourquoi je profite de votre si généreuse hospitalité!

Le marquis se sentit gagné par cette gaieté communicative.

– Ce n'est pas très difficile à deviner : vous vous êtes échappé de votre collège. Permettez-moi de vous donner un conseil... Votre équipée n'est pas seulement stupide, elle peut aussi se révéler dangereuse.

– Cela ne regarde que moi!

Et en prononçant ces paroles de défi le jeune garçon prit place en face du marquis. Toutefois, Broome ne voyait toujours pas son visage car son vis-à-vis s'employait à masser avec application ses chevilles.

– Si vous souffrez, ne vous en prenez qu'à vous-même!

– Oh! juste des picotements. La circulation reprend. Cela n'a rien d'agréable.

L'inconnu posa son pied sur la banquette et souleva le bas de son pantalon.

– Vous n'imaginez pas comme ça fourmille à l'intérieur! Je ne sentais plus mes pieds, tout à l'heure.

– Ne comptez pas sur ma sympathie! Rentrez chez vous sans perdre de temps!

– Mais je n'en ai pas l'intention. Vos sermons ne me feront pas changer d'avis.

Le marquis était incapable de scruter les traits de son interlocuteur. Mais il trouvait sa voix musicale, sans trace d'accent quelconque, et à en juger par ses mains fines et ses chevilles délicates, le fugitif devait être encore très jeune.

– Maintenant, écoutez-moi! dit-il en adoptant un ton paternel. N'importe quel enfant, tôt ou tard, éprouve l'envie de s'enfuir pour échapper à sa famille ou à un travail ennuyeux. Vous n'imaginez pas les difficultés que vous aurez à surmonter! Le monde n'est pas un terrain de cricket où on joue selon les règles. Rentrez à la maison! Ne faites plus l'idiot!

– Non...

– Comment vous arrangerez-vous quand vous n'aurez plus d'argent?

– J'en ai emporté beaucoup.

– Pour vous le faire voler par le premier venu... Vous aurez de la chance, mon jeune ami, s'il ne vous envoie pas un mauvais coup par la même occasion!

– Croyez-vous m'effrayer? Rien de ce que vous me direz ne me causera plus de peur que...

L'inconnu s'arrêta net.

– Si vous me racontiez de quoi il s'agit? proposa le marquis.

– Vous ne me croirez jamais!

– Pourquoi en êtes-vous si persuadé? J'ai entendu bien des confidences et quand elles sonnaient vrai, j'ai toujours proposé mon aide.

– Oh! vous m'aideriez? Pour de bon?

– Oui.

Après un silence le jeune garçon posa son pied sur le tapis et releva les yeux.

– J'aimerais vous confier mes raisons... Mais je crains de le regretter... Oui, ce serait une erreur.

– Pour vous ou pour moi? demanda Broome en souriant.

– Pour tous les deux. Si vous vous occupez de moi, vous vous en mordrez les doigts plus tard. Allons, faites stopper votre voiture, je descendrai, et vous ne me reverrez plus.

– C'est me jouer un méchant tour que de me laisser ainsi dans l'ignorance, à échafauder mille suppositions sur votre identité, votre famille... Mon ami, je vous somme de payer le prix de votre transport avec le récit de vos aventures, qu'elles soient vraies ou fausses!

Le gamin lança d'un air moqueur :

– Me prenez-vous pour Schéhérazade?

– Non! Schéhérazade était une femme!

Un silence gêné tomba tout à coup, rompu triomphalement par le marquis qui s'écria :

– Voilà déjà une réponse à mes nombreuses questions!

Le frêle enfant qui lui faisait face parut sur le point de nier, puis il se résigna.

– Suis-je si mal déguisée? En coupant mes cheveux, je croyais avoir l'air d'un garçon...

– Si je vous avais vue en plein jour, j'aurais deviné beaucoup plus vite. C'est votre voix qui vous a trahie : elle est trop aiguë, pas assez rauque.

– Les autres gens ne s'y seraient pas laissé prendre?

– Sûrement pas.

– Non, je ne vous crois pas!

– Tenter l'expérience pourrait se révéler dangereux, prévint sèchement le marquis.

La jeune fille s'exclama sur un ton désolé :

– Vous avez tout gâché! Je pensais pouvoir gagner la France à l'abri de mon déguisement...

– La France? Vous iriez si loin?

– Oui, j'ai une amie à Paris; elle est française, et si j'arrivais chez elle en lui demandant de me cacher, elle me rendrait ce service. Alors, plus personne ne serait capable de me trouver!

– Vous croyez pouvoir traverser la Manche et atteindre Paris sans escorte? C'est à la fois impossible et insensé!

Le marquis était frappé par le regard de son vis-à-vis : des yeux aussi grands et aussi lumineux ne pouvaient appartenir à un garçon!

– Maintenant vous êtes obligé de m'aider, reprit l'inconnue après avoir réfléchi quelques instants. Accepteriez-vous d'engager pour moi un courrier, qui m'accompagnerait durant mon voyage? Je suis en mesure de le payer!

– Quelle somme transportez-vous?

– Vingt livres en billets et en pièces. Plus ceci...

Elle glissa la main dans la poche de son pantalon

et en retira plusieurs objets qui étincelèrent au clair de lune.

Broome se pencha. Il s'agissait d'une broche incrustée de diamants et d'un collier d'une grande valeur.

– Voyez-vous, reprit la jeune fille, avec le produit de leur vente j'assurerai ma subsistance pendant un certain temps!

– Et à qui les vendrez-vous?

L'inconnue resta muette.

– N'importe quel bijoutier vous en donnera une somme dérisoire. Et même si votre amie acceptait de vous cacher, croyez-vous qu'il serait difficile de remonter cette piste? Vous serez découverte, tôt ou tard. Et sachez que la vie est très chère en France!

– Vous dites cela pour me décourager!

– Soyez franche avec moi, cela simplifiera les choses. Et commençons par le début. Comment vous appelez-vous?

– Cara.

– Et ensuite?

– Je ne vous révélerai pas mon nom de famille.

– Pourquoi?

– C'est la grande question, à laquelle je ne veux pas répondre.

– Il me sera impossible de vous aider, si vous gardez les renseignements pour vous.

– Je vous demande simplement de m'aider à gagner la France. Est-ce trop difficile?

– Vous exigez beaucoup de moi, se défendit le marquis. D'abord il faut que je vous abrite dans ma voiture, en un endroit que je croyais inviolable. Ensuite vous voulez que je vous prenne pour un garçon. Enfin vous me dissimulez votre nom. Quelle ligne de conduite dois-je adopter, si ce n'est de vous livrer à la police?

La jeune fille poussa un cri d'horreur:

– Non! Vous essayez de me faire peur! Vous n'êtes pas capable d'agir de cette façon!

– N'en soyez pas trop sûre.

– Si, j'en suis convaincue! Bien que vous ayez la réputation de manquer de cœur!

Le marquis sursauta.

– Pardon? Qu'entendez-vous par là?

– Les gens parlent du très noble marquis de Broome...

– Eh bien, s'ils le font, je dois pouvoir moi aussi parler de vous, en toute justice. Dites-moi comment vous vous nommez.

– Je refuse. Et cela est sans appel.

– Et pourquoi donc?

– Parce que vous me refuseriez votre aide.

Le marquis la dévisageait.

– Vraiment, je ne comprends pas comment vous pouvez affirmer une chose pareille! J'ai souvent donné mon soutien à des personnes en détresse.

– Telle n'est pas votre réputation!

Broome laissa passer plusieurs secondes avant de répondre sèchement:

– Je ne vous donnerai pas la satisfaction de m'enquérir sur ce que les gens pensent de moi. Je préfère m'occuper de vous.

– Oui, je m'en aperçois. Mais cela m'ennuie. Parlons de vous. Savez-vous que vous êtes très jalousé?

Le marquis éclata de rire:

– Ce n'est pas possible! Je rêve! Il ne peut exister sur terre une jeune fille pareille! Et, à propos, pourquoi portez-vous une veste de collégien?

– Elle appartenait à mon père. Elle vient du grenier. Je l'avais cachée dans ma penderie jusqu'à ce soir.

– Ainsi, vous projetiez cette fuite depuis longtemps ?

– Plusieurs semaines. J'ai réfléchi aux diverses manières de me tirer d'affaire : il n'y avait que ce moyen-là !

– Vous vous êtes coupé les cheveux puis, habillée en garçon, vous vous êtes cachée dans ma voiture... Comment saviez-vous que c'était la mienne ?

– J'ai reconnu vos armoiries sur la portière. Et votre attelage de six chevaux m'a décidée.

– Pour quelle raison ?

– J'ai compris que vous partiez loin, que vous quittiez Londres. Vous n'auriez attelé que quatre, ou même deux chevaux pour regagner votre hôtel particulier.

L'explication était si simple, si évidente que le marquis ne put s'empêcher de sourire.

– N'importe quelle voiture à six chevaux aurait donc fait votre affaire ?

– Oui, mais j'ai préféré la vôtre.

– A cause de la cachette ?

– A cause de votre réputation. Quoi qu'on dise sur vous, on reconnaît que vous êtes beau joueur. Vous ne me livrerez pas à la police ! Vous me racontez des histoires de voleurs qui dépouillent les voyageurs, mais vous ne m'abandonnerez pas entre leurs mains !

Le marquis dut admettre que c'était bien raisonné.

– Tout ceci est très joli, mais nous devons prendre une décision.

– Je vous ai déjà fait part de mes projets.

– Me direz-vous le nom de votre amie parisienne?

– Certainement pas!

Broome poussa un soupir :

– Toujours votre méfiance!

– On pourrait vous forcer à révéler ma destination...

– Croyez-vous qu'on me soumettrait à un interrogatoire?

– Qui sait? Il y aura tout un remue-ménage. Il vaudrait mieux que vous restiez en dehors de cette affaire.

– Mais j'y suis déjà impliqué jusqu'au cou! Et s'il y a du remue-ménage, comme vous semblez le redouter, dois-je affirmer que je ne vous connais pas, que vous n'avez jamais voyagé avec moi, de Londres jusque dans le Surrey?

– Vous donneriez à mes ennemis de telles indications?

– Ce sont vos ennemis, pas les miens.

Cara eut un rire moqueur :

– C'est du moins ce que vous voulez bien croire!

– Que voulez-vous insinuer?

– Oh! rien... Très peu d'hommes ont plus d'ennemis que vous. On envie votre fortune et vos succès, en particulier auprès des dames.

Le marquis fronça les sourcils.

– Comment osez-vous parler de cette façon? Je me trompais en vous jugeant bien élevée.

La jeune fille continuait de rire et ne paraissait nullement confuse.

– Vous ne regardez pas la réalité en face! Si je portais une robe de soirée, un éventail derrière lequel je prendrais des mines, je vous débiterais des fadaises et des compliments. Mais, habillée en garçon, je me sens libre de m'exprimer franchement.

– Si je vous traitais comme un garçon, je vous administrerais une bonne fessée!

– J'ai toujours pensé que la force brutale était la dernière ressource des imbéciles...

Pendant un moment le marquis regarda fixement la jeune fille. Puis il se renfonça dans son siège en étouffant un petit rire.

– Incorrigible! Vous êtes incorrigible! On ne m'a jamais parlé de cette façon!

– Considérez attentivement mes paroles et tirez-en les enseignements qui s'imposent! Vous ne me reverrez plus, mais peut-être vous souviendrez-vous parfois de mes paroles. Méfiez-vous de ceux qui frappent dans le dos quand on s'y attend le moins!

Broome éclata franchement de rire.

– Si cela m'arrivait, votre avertissement ne me serait plus d'aucune aide!

– Eh bien, tant pis pour vous! Je vous aurai prévenu.

2

Quand le marquis, montant Agamemnon, atteignit l'extrémité du parc, son cheval et lui étaient hors d'haleine.

L'étalon ne comprit qu'à la longue qu'il avait trouvé son maître; il essaya maintes ruses pour désarçonner son cavalier, mais Broome resta en selle, imperturbablement.

Aussi, au cours de cet âpre combat qui avait commencé à la porte même de l'écurie, une sorte de respect était-il né entre l'homme et l'animal. Maintenant Agamemnon avançait avec majesté, sûr de son importance, mais dans la direction imposée par le marquis.

Celui-ci, comblé par son acquisition, songea qu'il jouirait encore de quelques luttes mémorables avant de plier complètement Agamemnon à sa volonté.

A l'extrémité du parc s'étendait un vaste espace de terrain plat où galopaient plusieurs chevaux, montés par des palefreniers qui les entraînaient.

Le marquis les étudia pendant quelques minutes, puis rejoignit le maître d'écurie qui tenait un chronomètre à la main.

Ne voulant pas le distraire pendant ses estimations, il resta silencieux jusqu'à ce que l'homme se tournât vers lui.

– Alors, Johnson? Quel est votre verdict?

Edward Johnson était employé par le marquis depuis six ans, et on le considérait comme l'un des meilleurs entraîneurs du Royaume-Uni.

Un sourire de satisfaction se peignit sur son visage :

– D'après moi, dit-il, Odin gagnera la course où vous l'inscrirez, milord.

– Vous en êtes sûr?

– Oh! certain, milord.

– Et Rollon? N'oubliez pas le redoutable Rollon!

– A handicap égal, nous le battrons! assura Johnson.

Broome gardait les yeux fixés sur les chevaux qui, après leur galop d'essai, revenaient dans sa direction. C'étaient pour la plupart de superbes pur-sang, mais pour un connaisseur l'un d'eux se détachait du lot : Odin.

Après l'avoir monté à l'occasion d'une course d'obstacles, le marquis l'avait mis au secret, certain qu'il possédait là l'oiseau rare, un cheval supérieur à tous les autres du même âge.

L'année précédente il avait cru pouvoir gagner le derby avec un autre animal qui avait triomphé dans les premières courses de la saison. Or au dernier moment un rival était apparu, Dragon Noir, appartenant au comte de Matlock.

Le marquis était beau joueur et aurait accepté sa défaite sportivement s'il n'avait conçu des doutes sur la façon de courir de Dragon Noir. Le jockey de son propre cheval s'était plaint d'avoir été poussé, frappé même, et ce d'une manière absolument contraire aux règles établies.

Broome s'était tout de suite convaincu de l'inutilité de se plaindre au comte, un individu déplaisant avec lequel il avait déjà eu des différends lors de grandes courses nationales où tous deux s'étaient affrontés avec âpreté.

En termes clairs, le marquis méprisait le comte et le comte haïssait le marquis.

Sans pouvoir le prouver, Broome était certain que les jockeys de son rival avaient pour consigne d'empêcher à tout prix ses chevaux de gagner.

Aussi, comprenant la valeur d'Odin, s'était-il empressé de le retirer d'Epsom pour l'entraîner secrètement sur son domaine de Broome. Il produirait son favori au dernier moment, comme le comte l'avait fait pour Dragon Noir.

Cette année-là Matlock présentait Rollon, un cheval exceptionnel à n'en pas douter, et qui constituait certainement une menace pour Odin. Rollon avait gagné de nombreuses courses depuis l'ouverture de la saison, et les parieurs misaient sur lui avec ensemble : il aurait une cote très supérieure à celle de n'importe quel candidat exhibé par le marquis.

– Eh bien, Johnson, vraiment satisfait? Je le trouve en excellente condition! s'exclama Broome.

Odin approchait, monté par un jockey au sourire épanoui, du nom de Wilson. Les autres chevaux étaient pris en main par les palefreniers du domaine, mais pour celui-ci, le marquis avait fait appel à un habitué des champs de courses, connu pour ses nombreux succès.

– Bonjour, milord!

– Bonjour, Wilson. Qu'en pensez-vous?

– Faut-il le dire, milord? Je suis fier de former

un animal pareil, le plus extraordinaire de ma carrière!

– Je connais la valeur de vos compliments, Wilson.

– Gardez-le bien caché, Votre Honneur! Sitôt que les parieurs le verront, sa cote s'envolera!

Le marquis sourit, mais ne précisa pas qu'il ne pariait jamais sur ses propres chevaux. Il les faisait courir pour le seul plaisir de remporter la victoire et méprisait les propriétaires qui ne songeaient qu'aux gains rapportés par leurs jockeys.

Wilson salua et s'éloigna sur sa monture pour rejoindre ses camarades qui rentraient à l'écurie. Edward Johnson le regardait d'un air satisfait.

– Ah! milord, je serai bien content de voir Rollon battu! Après la façon dont nous avons été traités l'année dernière!

Le marquis garda le silence.

– Si j'avais su, à l'arrivée, que Harwood, notre jockey, avait deux marques de fouet sur le dos... Nous aurions pu montrer ça comme preuve!

– Vous voulez dire qu'on l'a frappé, exprès?

– Oui, milord. Mais Harwood n'aime pas faire du tapage et il a gardé la chose pour lui.

– C'est répugnant! Si on m'avait prévenu... (Le marquis s'arrêta court et reprit, d'une voix plus posée :) Non. Finalement Harwood a eu raison. Il est presque impossible de prouver une irrégularité pendant une course. Vous et moi connaissons Harwood et sa loyauté, mais pas les membres du jury.

– Sûr, milord. Et c'est pour cela que je ne vous ai rien dit, après qu'on m'ait mis au courant. Le pauvre garçon m'a confié récemment qu'il ne voulait plus courir contre les jockeys du comte, même si Votre Honneur le lui demandait.

– Pour quelles raisons?

– Parce qu'on raconte de vilaines histoires sur des concurrents éliminés juste avant les grands prix : on les retrouve au fond d'un fossé, plus morts que vifs, ou alors ils ont des accidents bizarres...

Le marquis regardait son entraîneur avec stupéfaction.

– Vous y croyez, à ces racontars?

– Je tiens cela d'Harwood et vous savez comme moi que c'est un homme qui a de la religion, qui ne s'enivre jamais et qui parle le moins possible.

– Exact. Mais cela m'étonne que le comte de Matlock s'abaisse à des pratiques qui sont celles des escrocs et des malfaiteurs!

Après une pause, Johnson s'enhardit :

– J'ai appris d'une autre source que le comte est dans les dettes jusqu'au cou. Il a besoin d'argent, et vite.

Le marquis hocha simplement la tête. Ce n'était pas une nouvelle pour lui.

Sachant qu'il ne devait pas bavarder trop longtemps avec l'un de ses employés, il donna un léger coup de cravache à son cheval, ce qui rendit le bel étalon aussi nerveux qu'en début de promenade : il se mit à faire des écarts et des ruades.

La conversation ne pouvant se prolonger, le marquis s'éloigna; mais au lieu de rentrer directement à la maison, il conduisit Agamemnon sur le terrain d'exercice où il lui fit prendre le galop.

Après une course d'une demi-heure, monture et cavalier, aussi satisfaits l'un que l'autre, s'en revinrent d'un pas plus mesuré vers les écuries.

Les pensées du marquis ne s'étaient guère écartées de son ennemi juré, le comte de Matlock.

« Tout ceci va se terminer par un scandale! songeait-il. Comment éviter de tels ennuis? »

Broome faisait partie du Jockey-Club et n'ignorait rien des irrégularités qui se commettaient sur les champs de courses; ses confrères et lui-même essayaient par tous les moyens d'y faire respecter la loyauté nécessaire aux compétitions.

Puis, sur le pont qui menait au château, il se souvint d'un autre problème : Cara! Mais les traits crispés du marquis se détendirent, quand il se rappela l'apparition soudaine de la jeune fille hors de sa cachette.

Qu'elle avait mis de mauvaise volonté à révéler le moindre indice concernant son identité ou sa famille! Elle était restée avec une petite figure de bois, refusant de répondre à ses questions, décochant par-ci par-là une remarque acerbe. Mais à la fin elle murmura :

– Je meurs de froid sans manteau... Pourrais-je partager votre couverture?

Sans attendre sa réponse elle s'assit à côté du marquis et s'enfouit sous la fourrure en la remontant jusqu'à son menton.

Avec un petit frisson, elle déclara :

– J'y pense... Je n'ai pas l'intention de vous imposer ma présence, mais si vous m'aidez à passer en France, il faudra que je vous emprunte une cape ou un manteau. Je serais frigorifiée en traversant la Manche habillée comme je suis.

– Tant pis pour vous! Il fallait choisir une autre saison pour voyager.

– Je l'ai déjà compris! Mais je braverais les neiges

de l'Himâlaya, les glaces de l'Arctique, plutôt que de subir le sort qui m'attend à Londres!

Le marquis crut qu'elle allait enfin lui révéler la cause de sa fuite. Il ne pouvait voir son visage, car elle se trouvait à présent dans un coin de la voiture que le clair de lune n'atteignait pas. Il ne distinguait que deux ou trois bouclettes au-dessus de son front.

– Je sais ce que vous attendez! s'écria Cara en riant. Mais vous n'apprendrez rien de moi! Je me demande si vous serez assez généreux pour me trouver une escorte. Ou bien m'abandonnerez-vous dans la première ville que nous traverserons?

– Il y a une autre solution, bien meilleure à mon avis : vous reconduire chez vous! Même si vous trouvez l'existence intenable à Londres, elle sera pire en France, ou dans un simple bourg d'Angleterre, où les habitants se moqueront de vous... en mettant les choses au mieux!

– Changeons de sujet! intervint Cara sur un ton excédé. Peut-être préférez-vous rester silencieux quand vous voyagez?

– Voilà une suggestion intelligente!

– Papa assurait que les femmes bavardes sont des calamités, surtout quand le balancement des ressorts et le bruit des roues leur délient la langue au point de les rendre indiscrètes.

Le marquis réprima un sourire en songeant que, lorsqu'il était seul en voiture avec une femme, ce n'était pas seulement sa langue qui se déliait... mais il ne pouvait parler de cela à Cara!

– J'ai bien chaud maintenant, chuchota la jeune fille. Je sens que je m'endors.

– Allez-y! Dormez.

– Oui, si vous me promettez de ne pas profiter de

l'occasion pour me jeter au bord de la route ou me fourrer de force dans la diligence pour Londres!

– M'en croyez-vous capable?

– Non, répondit Cara en secouant la tête. Vous êtes trop « fair play »! Vous me réveillerez avant d'arriver chez vous, à moins que vous ne préfériez me laisser...

La voix de la jeune fille allait s'affaiblissant; sa phrase resta en suspens : elle s'était endormie.

Le marquis allongea les jambes et posa les pieds sur la banquette opposée, comme au début du voyage. Sa voisine ne remuait plus, enroulée sur elle-même comme un enfant dans son berceau. La couverture glissait et Broome la remontait soigneusement.

Puis il ferma les yeux, mais ne pouvant trouver le sommeil, il fut réduit à échafauder des suppositions sur l'identité de Cara et sur les raisons de sa fuite. Elle semblait de bonne famille, bien élevée, et devait être assez jolie, à la lumière du jour.

Il fallait qu'il prenne une décision avant d'arriver au domaine; si on apprenait qu'il y avait amené une jeune femme habillée en garçon, cette nouvelle se répandrait à travers le « beau monde » comme une traînée de poudre.

« Surtout, pas de scandale! » songeait le marquis.

La solution la plus simple était évidemment d'obéir aux vœux de Cara et de la déposer à l'entrée d'une petite ville. Justement, à une demi-heure du domaine de Broome, se trouvait une bourgade de ce genre...

Mais il ne pouvait pas agir ainsi!

Cara n'imaginait pas les dangers qui menacent un

jeune garçon seul dans le monde, et plus encore une jeune fille habillée en garçon!

Une certaine agitation se propageait dans les campagnes : il en avait parlé maintes fois aux ministres, mais sans résultat. Et dans les villes régnaient des conditions de vie très dures qui poussaient les gens à la révolte ou au crime.

La plupart des membres du ministère étaient des pairs du royaume, souvent très âgés; en dépit des rumeurs et des avertissements du marquis, ces dignes vieillards ne concevaient qu'une seule manière de procéder : la répression brutale!

Pendant les guerres contre Napoléon, la liberté d'expression avait été sévèrement bridée et ces mêmes lois étaient restées en vigueur. Dans le Nord de l'Angleterre quinze cents hommes avaient fait une marche pour protester contre le prix du pain; vingt-quatre d'entre eux avaient été condamnés à la pendaison comme agitateurs. D'autres avaient été emprisonnés ou déportés.

Ceux qui dénonçaient leur salaire ridiculement bas et leur misère abominable risquaient également la corde. Aussi Broome prévoyait-il des troubles graves dans un avenir proche. Impossible d'abandonner une jeune fille livrée à elle-même dans un tel contexte social.

Son argent qui devait lui assurer le vivre et le couvert lui serait extorqué par le premier paysan venu; si elle se débattait, tout portait à croire qu'elle perdrait dans l'aventure sa vie et probablement son honneur.

« Je suis donc obligé de l'envoyer en France, pensait Broome. Et ensuite, cela ne me regarde plus! »

Toutefois, cette façon de se tirer d'affaire lui semblait assez lâche.

Il n'avait toujours pas pris de décision quand les six chevaux de sa voiture s'engagèrent ce soir-là entre les loges qui flanquaient la grille d'entrée du parc. Puis l'attelage reprit de la vitesse dans l'avenue de chênes vénérables.

Le marquis secoua sa voisine par l'épaule pour la réveiller. La jeune fille sursauta.

– Que se passe-t-il. Que me voulez-vous?

– Nous arrivons. Et, bien à contrecœur, je vous offre une chambre pour la nuit.

Cara bâillait. Broome comprit qu'elle était profondément endormie lorsqu'il avait troublé son repos.

– Une chambre pour cette nuit? répétait-elle. Oh! et demain vous m'envoyez en France?

– Nous y réfléchirons. Dans l'immédiat il ne faut pas que mes domestiques vous voient dans votre déguisement. (Il retira sa cape doublée de fourrure et ajouta :) J'espère que ce vêtement sera suffisamment long pour cacher votre pantalon!

– Je vous ai choqué! constata Cara en riant.

– Oui. Je suis à la fois surpris et choqué par un tel accoutrement chez une jeune fille.

– Quelle plaisanterie! Si vous n'êtes pas choqué par la tenue de vos invitées pendant vos orgies, ce n'est pas un misérable pantalon de collégien qui peut vous faire pâlir!

Le marquis sursauta et s'apprêtait à lui demander des explications sur ces orgies quand il s'aperçut que l'équipage ralentissait pour s'arrêter devant sa magnifique demeure.

Le perron était flanqué d'une double rangée de

laquais et des flots de lumière se répandaient sur les marches de pierre blanche.

– Vite! Couvrez-vous! lui ordonna-t-il.

Il avait pris son ton de commandement; sa voisine ne fit qu'en rire et ce fut lui qui drapa la coûteuse cape sur les épaules de Cara.

« Grâce au Ciel, se dit-il, elle est très menue! »

Quand ils entrèrent dans le grand hall dominé par un escalier en bois d'ébène, brillamment illuminé, et occupé par un personnel empressé, le marquis put constater que la jeune fille était entièrement enveloppée dans le vêtement qui tombait jusqu'au parquet et lui donnait un air presque respectable.

– Ah! Newman, dit-il au maître d'hôtel, j'ai une invitée avec moi. Je vous prie d'appeler Mme Peel, immédiatement.

– Bien, milord.

Le visage du serviteur stylé ne montra aucune surprise, et pourtant il allait devoir réveiller une digne gouvernante sexagénaire pour qu'elle reçoive les ordres de son maître à 2 heures du matin!

Sans ajouter de commentaires le marquis se dirigea vers son bureau où l'attendait une collation froide. On chauffait du potage dans les cuisines et il fut rapidement servi. Cara prit volontiers une bonne assiettée, le marquis, lui se contenta de quelques cuillerées.

– Voulez-vous autre chose? proposa-t-il courtoisement.

C'était la première fois qu'il s'adressait à la jeune fille depuis leur arrivée. Il n'avait pas osé la regarder en face, craignant un peu ce qu'il allait découvrir à la vive clarté des bougies. Mais là il lui fut enfin possible d'étudier à loisir le visage de la jeune créature toujours emmitouflée dans sa cape.

A la vue de ses cheveux blonds, il s'était imaginé que Cara possédait les yeux bleus et le teint blanc et rose de l'Anglaise traditionnelle. En fait, son visage était inhabituel, avec des pommettes hautes et des pupilles franchement vertes sous des paupières légèrement bridées qui lui donnaient un air provocant et hardi. Une fossette se dessinait de chaque côté de sa bouche et cet ensemble de traits peu banal s'ordonnait autour d'un nez fin et aristocratique.

Broome regarda sa visiteuse avec une insistance qui d'habitude rendait nerveux les gens qu'il soumettait à un tel examen. Les yeux verts de Cara brillaient plus que jamais et ses fossettes se creusèrent quand elle demanda sur un ton innocent :

– Suis-je mieux ou pire que ce à quoi vous vous attendiez?

– J'essaie de me former une opinion, répondit sèchement le marquis. En ce qui concerne vos projets, le pire prévaut, car je ne puis vous envoyer en France accompagnée d'un simple courrier, avec un physique comme le vôtre!

– Pardon? je ne comprends pas bien.

– Vous êtes trop jeune et trop jolie! D'autre part, vous venez certainement d'une bonne famille.

– Oh! arrêtez! Vous ne savez rien de moi! Je ne suis qu'une ennuyeuse personne qui s'est introduite dans votre voiture pour faire un bout de chemin avec vous. Surtout ne me traitez pas en dame de qualité! Vous vous tromperiez!

– C'est à moi d'en juger. Même si vous ne sortez pas d'un excellent milieu, vous êtes très jeune : vous ne pouvez pas voyager sans chaperon.

La jeune fille reprit du potage avant de déclarer :

– Que vous êtes ennuyeux! Il va falloir que je me sauve d'ici comme je me suis sauvée de la...

Elle s'arrêta net; elle avait failli se trahir. Voyant le marquis tout oreilles, prêt à enregistrer le moindre renseignement, elle changea de sujet :

– Puisque vous avez la bonté de m'offrir un lit, j'aimerais me coucher dès maintenant. Je suis si fatiguée que je ne sais plus ce que je dis et j'aurais des remords demain matin!

– Je vous permets de monter dans votre chambre, mais à une condition!

– Laquelle?

– Donnez-moi votre parole d'honneur, sur la sainte Bible ou toute chose que vous considérez comme sacrée, que vous ne vous sauverez pas d'ici avant d'avoir examiné votre avenir avec moi.

– Et si je refuse?

– Eh bien, à mon grand regret je me verrai forcé de vous enfermer à clé pour la nuit. Ou, si vous le préférez, ma gouvernante fera dresser un lit près du vôtre pour une cautériste chargée de vous surveiller, déclara Broome.

Cara se tenait très droite sur son siège et ses yeux lançaient des éclairs.

– Comment osez-vous me proposer un marchandage pareil? Vous vous chargez de moi et de mon destin d'une manière que je trouve... écrasante!

Le marquis éclata de rire.

– Vous ressemblez plus à une tigresse en colère qu'à une aimable jeune fille. Souvenez-vous que les tigres sont mis en cage!

– Ah! j'ai commis une erreur en choisissant votre voiture! J'aurais pu voyager avec un jeune dandy, mais qui n'avait que quatre chevaux... Il doit certainement apprécier le bon vin du Régent : je serais descendue tranquillement tandis qu'il aurait cuvé sa boisson!

Le marquis jugea superflu de souligner qu'un jeune homme en état d'ivresse n'est pas un compagnon de tout repos. Il se contenta de répliquer :

– Ma femme de charge va entrer d'un instant à l'autre. Lui demanderai-je d'installer un lit de camp dans votre chambre? Ou me donnez-vous votre parole?

– Croyez-vous que je la tiendrais?

– Oui. Vous êtes aussi « fair play » que moi.

Comme il émettait ce jugement, la porte s'ouvrit et Cara chuchota en toute hâte :

– Vous avez ma parole!

Un sourire légèrement ironique se dessina sur les lèvres du marquis pendant qu'il se tournait pour accueillir Mme Peel.

Vêtue de soie noire et bruissante, la digne femme montra un visage placide, malgré l'heure indue à laquelle on l'avait réveillée.

Le marquis confia les rênes d'Agamemnon à deux jeunes palefreniers qui s'en saisirent avec un peu d'appréhension. Puis il monta le perron en songeant que la jeune fille serait aussi difficile à diriger que le fougueux étalon.

Parvenu dans le hall, il confia ses gants et sa cravache à un laquais. Newman, le maître d'hôtel, le précéda pour lui ouvrir la porte de la salle à manger.

– La jeune dame est déjà descendue, milord. Elle

prend son petit déjeuner. Je lui ai conseillé de ne pas vous attendre.

Le marquis garda un silence glacé. Agamemnon l'avait mis très en retard, mais il n'éprouvait aucune envie de s'en excuser auprès d'une intruse. Il pénétra dans la pièce en s'interrogeant sur l'aspect de Cara.

La jeune fille se trouvait à contre-jour, assise à la table d'acajou poli. A sa vue elle se leva et fit la révérence.

Elle portait une robe très simple, mais l'œil exercé du marquis nota la taille un peu trop large et resserrée par la ceinture.

– Vous avez fait une promenade à cheval! dit-elle avec reproche. Vous auriez dû m'emmener avec vous!

– Bonjour, Cara, dit cérémonieusement Broome pour lui faire remarquer son manque de manières. Figurez-vous que j'y ai pensé. Toutefois j'ai supposé que vous n'aviez pas apporté de vêtements d'équitation dans votre poche, n'est-ce pas?

Cara, qui s'était assise à nouveau, étouffa un petit rire.

– Vous ne m'auriez pas autorisée à monter à califourchon?

– Certainement pas!

Le marquis se servit d'œufs brouillés présentés dans un plat d'argent par un valet. Un autre lui versa du café, sa boisson favorite au retour de ses sorties matinales, à l'encontre de ses contemporains qui préféraient les liqueurs fortes.

Le maître d'hôtel plaça devant lui le porte-rôties, approcha le beurrier, et déposa à sa gauche une petite sonnette.

Cara observait tout ce rituel avec une lueur moqueuse dans le regard.

– Rien d'étonnant à ce que vous soyez encore célibataire! remarqua-t-elle quand le majordome se fut retiré. Pourquoi vous marier quand vous avez tous ces serviteurs pour vous choyer, vous dorloter? Mme Peel parle de vous comme si elle était une maman poule et vous son cher petit poussin!

Broome faillit s'étrangler avec sa tartine.

– Vous essayez de me provoquer, Cara, mais vous vous y prenez à un mauvais moment. Souvenez-vous, ventre affamé n'a pas d'oreilles!

– Vous avez faim parce que vous êtes sorti ce matin; vraiment, vous manquez du sens de l'hospitalité! Pourquoi ne pas m'avoir invitée à vous accompagner? Je suis certaine qu'on trouverait dans cette maison une amazone à ma taille.

– Pourquoi en êtes-vous si persuadée?

– Parce que Mme Peel a ouvert devant moi une armoire pleine d'habits appartenant à des personnes de votre famille, vivantes ou mortes. A des invités qui ont oublié quelques-unes de leurs affaires. Et même à vous, quand vous étiez collégien.

– Là, je vous prie de ne pas toucher à mes vieux vêtements!

– Il y en a beaucoup, et bien plus élégants que mon ensemble d'Eton. Quand j'irai en France, je pourrai m'habiller comme un jeune homme très chic!

– Si je vous vois dans un de mes costumes, je vous promets de vous traiter comme un garçon: vous recevrez la fessée que vous méritez! Vous ne pourrez pas vous asseoir pendant quinze jours, et encore moins monter à cheval!

– Ainsi nous revenons à notre point de départ!

Vous désirez vous débarrasser de moi! Et comment, s'il vous plaît?

– Je ne sais pas encore. J'ai besoin de plus amples informations.

Après un court silence, Cara se décida enfin :

– Que voulez-vous savoir exactement?

– D'abord votre nom de famille. Ensuite la cause de votre fuite.

La jeune fille repoussa son assiette, posa ses coudes sur la table et son menton entre ses mains. Les rayons du soleil tombaient sur ses cheveux, elle avait l'air beaucoup trop jolie, et était insolente de jeunesse et de candeur.

Le marquis était habitué à la compagnie des beautés à la mode. Ces femmes, après plusieurs années de mariage, ayant donné à leur mari plusieurs enfants dont un héritier mâle, se lançaient à la conquête de l'homme le plus séduisant de leur entourage, c'est-à-dire lui-même!

Quand le flirt devenait une liaison, il était de bon ton de le garder secret : le mari n'avait aucune envie de voir la chose s'ébruiter, même s'il fermait complaisamment les yeux!

Broome avait donc joui à sa manière hautaine et impérieuse des faveurs de fort jolies femmes, car le Régent attirait à Carlton House la fine fleur de l'Europe.

Bien que blasé, le marquis se demandait ce qui rendait Cara si irrésistible; il ne trouvait personne à qui la comparer. C'était peut-être un effet de ses cheveux très courts, et qui bouclaient de manière désordonnée sur sa tête menue? Cette coiffure serait sant doute considéréc comme scandaleuse par les sévères douairières qui se considéraient comme les gardiennes de la moralité. Aucune jeune femme n'avait osé paraître à une réception ainsi coiffée, hormis la très controversée Caroline Lamb, l'égérie de Byron.

Ainsi Cara éveillait en lui des sentiments contradictoires. Mais Broome devait reconnaître que c'était une « lady », issue d'une bonne famille, et par conséquent il ne pouvait la laisser partir en France sous la seule garde d'un courrier.

Tout en réfléchissant il gardait les yeux fixés sur l'objet de ses pensées. Cara le fit tressaillir en demandant :

– J'espère que vous tenez compte de mes qualités, sans vous concentrer uniquement sur mes défauts !

– Je ne vous étudie pas comme une femme, répondit aigrement le marquis, mais comme une intruse dont je dois me débarrasser au plus tôt !

– Oui, comme un paquet encombrant qui vous est arrivé par erreur ! Allons, envoyez-moi de l'autre côté de la Manche ! Je m'habillerai en garçon ou en demoiselle bien élevée, comme il vous plaira, et vous n'entendrez plus parler de moi. Vous pourrez me rayer de vos préoccupations.

Cependant Broome avait l'impression que ce ne serait pas si simple et qu'il ne parviendrait pas à retrouver sa tranquillité.

Il venait de faire la connaissance de Cara, et déjà elle prenait une place démesurée dans sa vie.

– Je vous propose de me laisser finir mon petit déjeuner en paix, dit-il sur un ton plus conciliant. Vous me raconterez ensuite votre histoire et nous verrons ensemble comment vous tirer d'affaire. Mais attention ! Je vous préviens : quand on me dissimule quelque chose, je le remarque aussitôt !

Cara éclata de rire :

– Vraiment, comme si je ne m'en doutais pas! Bien sûr, on ne peut pas vous mentir; comme moi vous avez de l'intuition. Et en ce moment mon intuition me dit que vous m'aiderez, bien que vous cherchiez à gagner du temps pour sortir du piège que je vous ai tendu.

– Quoi? s'écria le marquis.

– Ne vous affolez pas! Vous imaginez peut-être que je veux vous contraindre à m'épouser, après cette nuit? Ne craignez rien : j'ai décidé de ne jamais me marier. Un point c'est tout!

Elle parlait avec tant de feu que le marquis la dévisagea, très étonné.

– Puisque vous me prêtez de l'intuition, dit-il, je suppose d'après ces déclarations que vous vous êtes sauvée pour fuir un prétendant!

Cara lui dédia un sourire.

– Bravo! J'admire la rapidité de vos déductions, et leur justesse.

– Votre remarque n'est pas flatteuse.

– Mais si! Très peu d'hommes ont de l'intuition. Ils croient les femmes toutes coulées dans le même moule, ou taillées sur le même patron. Ils s'en sont forgé une certaine image, en grandissant auprès de leur nounou, de leur institutrice, de leur mère, de leurs sœurs... (Elle eut un petit rire amer :) Et pour eux la femme est une poupée, une marionnette dénuée de sentiments, sans volonté propre et sans personnalité! conclut-elle.

– Votre prétendant pense-t-il ainsi?

Le marquis s'attendait à une simple inclination de tête, car pour lui la réponse était évidente. Il fut surpris de voir la jeune fille frissonner.

– Il est horrible... Odieux, abominable! Je préfère la mort à ce mariage...

– Et c'est ce qui vous arrivera si je ne veille pas sur vous, déclara le marquis sur un ton désinvolte, car il détestait le mélodrame. J'imagine que le monsieur en question n'est pas le seul célibataire au monde ?

– C'est le seul que je puisse épouser.

– Et vous en aimez un autre ?

Elle dévisagea son interlocuteur avec mépris :

– Maintenant, c'est vous qui ajoutez des fioritures à mon histoire, pour la rendre romanesque ! Non, il n'y a personne. Je ne me marierai pas, je vous l'ai déjà expliqué. Vous voyez que vous n'avez rien à craindre de moi, du moins de ce côté-là !

Broome éclata de rire :

– Vous êtes franche, mais pas flatteuse.

– Pourquoi vous flatterais-je ? On m'a parlé de votre charme et de la façon dont les femmes vous courent après, mais si vous vous mettiez à genoux devant moi en m'offrant votre cœur et votre nom, je vous enverrais promener ! Je hais tous les hommes, voilà la vérité !

Comme la nuit précédente, quand Broome l'avait traitée de jeune tigresse, elle lançait ces paroles avec rage.

Le marquis laissa passer un moment avant de reprendre sur un ton qu'il s'efforça de garder neutre :

– Qu'est-ce qu'un homme a bien pu vous faire, pour que vous parliez ainsi ?

Cara en eut la respiration coupée. Une lueur passa dans ses yeux légèrement bridés et elle dit simplement :

– Le passé ne compte plus. C'est l'avenir qui a de l'importance. Vous qui semblez me témoigner un peu d'intérêt, comprenez que je dois quitter l'Angleterre, le plus vite possible! On peut me découvrir même ici...

– Et si on vous retrouvait, que se passerait-il?

Cara le regarda bien en face et ses yeux verts trahissaient une terreur panique.

– Vous trouvez sûrement que j'exagère... mais je vous jure que je me suiciderais plutôt que d'accepter cette union! Ce serait pire que l'enfer, cette géhenne du feu dont on parle dans la Bible.

Pour enlever à ses paroles leur couleur dramatique, elle s'était exprimée sur un ton mesuré qui impressionna le marquis. Celui-ci fut sensible à leur accent de vérité, et sans discuter ni se moquer de Cara, il secoua la clochette posée près de lui.

Le maître d'hôtel arriva aussitôt et lui présenta plusieurs plats chauds dont il se servit avec pondération. Il accepta également un peu de café.

Quand ils furent de nouveau seuls, le marquis s'aperçut que Cara l'étudiait, calée contre le dossier de sa chaise, un peu comme il l'avait fait précédemment.

Il termina son assiette avant de s'enquérir :

– Alors? Vos conclusions? Quelles sont mes qualités?

Cara sourit.

– Je n'en vois pas beaucoup! Je vous trouve autoritaire, exigeant, dur pour les autres... mais vous ne me faites pas peur!

– Tiens donc!

– Et je réserve mon jugement final. Je dois attendre que mes suppositions se vérifient.

– Vous me décevez, mademoiselle. Votre grande intuition aurait dû vous révéler mon caractère en un éclair!

– Je sais évidemment qu'on peut vous faire

confiance. Si vous dites que vous m'aiderez, je vous crois. J'essaie de vous estimer à votre juste valeur, d'une manière impartiale, comme un homme ordinaire.

– Une espèce que vous haïssez, si j'en crois vos récentes déclarations?

– Oui, je déteste les hommes dans leur ensemble, mais certains traits de votre caractère me rappellent mon père...

– Dois-je prendre ceci en bonne part? Eclairez-moi.

– D'abord, aussi étonnant que cela puisse paraître, vous possédez un certain sens de l'humour.

– Très flatté.

– Oh! si vous voulez des compliments, cherchez-les ailleurs! Les flagorneuses ne manquent pas, dans la meilleure société comme dans les bas-fonds, des endroits qu'en principe une jeune fille bien née ne doit pas connaître.

– Alors pourquoi y faire allusion?

– Parce que les messieurs dans votre genre s'y intéressent. Et je suis étonnée qu'avec toute cette splendeur autour de vous (elle jeta un regard circulaire sur la somptueuse salle à manger) vous éprouviez le besoin de vous abaisser jusqu'au ruisseau. Je veux dire ces maisons de plaisir absolument dégradantes...

– Puisqu'elles sont dégradantes, n'en parlez pas!

– Si! Cela me touche profondément. Le monde apparaît bien complexe et bien mystérieux à la jeune débutante que je suis! Vous ne pouvez pas savoir comme la recherche d'un mari est une chose monotone et ennuyeuse! Il faut pêcher le plus gros poisson, le plus riche, et tant pis si c'est le plus vieux!

Elle avait retrouvé son ironie et Broome rit de bon cœur.

– Et vous oblige-t-on à épouser le vieux poisson? De nos jours, cela ne se fait plus.

– C'est la première stupidité que vous dites depuis que je vous connais mais elle est de taille!

– Qui peut vous y contraindre? Votre père? Un tuteur?

– Ah! vous progressez! Vous aimeriez me pousser à en dire plus long, mais si vous appreniez la vérité, vous me ramèneriez à Londres comme une prisonnière et, à cause de vous, je subirais un sort abominable!

– Non. Je ne vous crois pas. Et je déteste les tragédiennes.

Il s'était exprimé avec un mépris glacé qui habituellement décontenançait ses interlocuteurs. Agés ou non, hommes ou femmes, ils bégayaient une excuse ou gardaient un silence contraint.

Mais Cara ne fit qu'en rire, et son rire perlé résonna dans la pièce éclairée par un pâle soleil d'hiver qui perçait derrière les nuages gris.

– Je reviens sur mon jugement, dit-elle enfin. Vous êtes extrêmement subtil. Vous essayez de me mettre en colère pour me faire parler! C'est une vieille astuce; on m'a raconté que les sans-culottes l'utilisaient pour délier la langue des aristocrates français.

– Vous savez beaucoup de choses!

– Figurez-vous, milord, que je lis... Ce n'est peut-être pas courant chez les filles de mon âge. Et je vais stimuler votre curiosité : rien de ce que j'ai découvert dans les livres n'approche, même de loin, la corruption qui règne dans la société!

Cara avait prononcé ces paroles avec une telle

ardeur que le marquis ne put ébaucher la moindre protestation. Elle avait pourtant l'air si jeune! Et elle parlait sur le ton désabusé d'une personne d'expérience!

Le marquis recula son siège et se croisa les jambes.

– Je vous supplie de m'accorder votre confiance, Cara! Comment pourrai-je vous aider si j'ignore tout de vous? Soyez raisonnable! Exposez-moi les faits et je verrai s'ils sont aussi affreux que vous le prétendez!

Et en prononçant ces paroles, Broome fixait la jeune fille droit dans les yeux. Il lui sembla qu'il étaient unis par un lien très fort, quoique invisible, et qu'un magnétisme les rendait tous deux incapables de détourner leurs regards.

La porte s'ouvrit brusquement.

– Le comte de Matlock, milord! annonça le majordome.

L'espace d'une seconde, le marquis crut avoir mal entendu. Mais voici qu'entrait dans la pièce l'homme qu'il méprisait le plus au monde, suivi par deux inconnus.

Cara poussa un gémissement, comparable au cri d'un animal pris au piège .

– Oncle Lionel!...

Elle se leva, mortellement pâle. Une terreur désespérée se lisait sur son visage.

3

Pendant le silence qui suivit, le marquis ne put que dévisager son visiteur avec stupéfaction.

Le comte de Matlock avait longtemps été considéré comme un bel homme, et les stigmates d'une vie de débauche avaient fini par se graver sur sa face, on y voyait l'empreinte de nombreux vices. Dans l'immédiat, le regard qu'il lança à Broome témoignait d'une farouche inimitié.

Mais si ses yeux étaient durs, sa bouche, elle, souriait; il semblait triomphant!

Le marquis, qui n'y comprenait rien, ne daigna pas se lever de son siège et questionna l'intrus :

– Pour quelle raison entrez-vous chez moi, Matlock, et à une heure aussi matinale?

Le comte était en tenue d'équitation, avec une cravache à la main et des bottes couvertes de poussière. Il avait dû couvrir de nombreuses lieues à bride abattue.

Un coup d'œil vers les autres arrivants confirma le marquis dans cette impression. L'un, maigre, pâle, avec un très long nez, ressemblait à une fouine; l'autre portait le col d'un ecclésiastique sous sa veste de cheval; ses cheveux étaient entièrement blancs et son corps émacié donnait une impression d'ascétisme et de pauvreté.

Matlock, sans se soucier de la présence de sa nièce, vint se planter, les poings sur la table, en face du marquis.

– Si je me présente si tôt, mon cher ami, c'est pour vous apprendre qu'enfin je vous ai à ma merci!

L'expression du maître des lieux ne montrait qu'un ennui poli.

– Je ne sais pas de quoi vous parlez. Je vous en prie, expliquez-vous! Et pourquoi dois-je subir sous mon toit la présence de ces deux personnes qui elles non plus ne sont pas invitées?

– Je fais les présentations. (Le comte se tourna vers ses compagnons et les désigna d'un geste large :) Voici mon avocat, Israël Jacobs, et le révérend Jenkins que vous ne devez pas connaître, car il est aumônier de la prison pour dettes!

Il parlait avec une ironie pesante mais un triomphe mal déguisé perçait dans sa voix.

Cara s'était reculée jusqu'au mur lambrissé, le plus loin possible de son oncle. Mais elle ne pouvait s'enfuir, car les amis du comte étaient restés près de la porte, et de ce côté du château, les fenêtres s'ouvraient sur un lac assez profond.

– Je ne connais toujours pas les raisons de votre venue! répéta le marquis en rompant un silence chargé de menaces.

– Elles tiennent en peu de mots : je vous accuse, Broome, d'avoir enlevé puis violé une mineure!

Le marquis se raidit et la jeune fille poussa un cri de protestation :

– Vous mentez! Il ne m'a pas enlevée! C'est moi qui me suis cachée dans sa voiture!

Matlock ne daigna pas tourner la tête vers sa nièce. Il gardait les yeux fixés sur le marquis.

– Je vous laisse le choix, mon cher : ou vous passez en justice avec le risque d'être déporté, ou vous épousez ma nièce en me versant dix mille livres pour cet honneur!

Après ces paroles, un silence de plomb s'installa dans la vaste pièce. Le marquis serra les lèvres; il comprit que son ennemi avait en sa possession un atout maître – même si c'était une carte truquée – et qu'il s'en servirait sans scrupule.

La fureur jalouse du comte remontait à bien des années en arrière. Les nombreux succès des chevaux de Broome lors des grandes courses nationales avaient été à l'origine de cette animosité qui s'était accrue quand le marquis, membre du Jockey-Club, avait dénoncé des irrégularités qui mettaient en cause les chevaux et les entraîneurs de son rival.

En une certaine occasion la jument gagnante, qui appartenait au comte, avait été disqualifiée au profit de la seconde, laquelle venait des écuries de Broome. Ce jour-là, le marquis avait senti que jamais le perdant ne lui pardonnerait cet affront. Or, sans réfléchir, il s'était placé entre les mains de son ennemi, par simple compassion pour une inconnue.

Ce qui l'exaspérait le plus c'est que, durant des années, il avait su échapper à tous les pièges dressés pour capturer le plus beau parti du marché matrimonial. N'importe quelle famille titrée du Royaume-Uni aurait été enchantée de l'accueillir comme gendre, mais il avait préféré jouir de la vie sans se laisser manœuvrer par des parents ambitieux!

Son obstination à ne pas se marier avait suscité de nombreux commentaires et même éveillé la verve des caricaturistes.

Un jour pourtant, Broome devrait engendrer un héritier; il savait exactement le genre de femme qu'il choisirait : une belle personne, grande, majestueuse, qui remplirait avec perfection son rôle de marquise.

Il éliminait d'office les timides débutantes, jeunes filles naïves qui l'ennuieraient au bout d'une semaine. Il rencontrerait un jour la créature idéale, convenant à son goût très difficile et possédant les qualités requises.

Aussi pensa-t-il vivre un cauchemar quand il se découvrit tout à coup face à un ultimatum. La menace du comte de Matlock fondait sur lui comme la foudre.

Il n'avait guère de temps pour réfléchir. Comment découvrir une porte de sortie en quelques secondes?

Son esprit cherchait fiévreusement une parade, tandis qu'il déclarait de sa voix calme et détachée :

– Si c'est une plaisanterie, elle est du plus mauvais goût!

– Oh! nullement! Voici quelques précisions : M. Jacobs est prêt à se charger d'une demande signée par moi pour un recours auprès des tribunaux. Si vous refusez d'épouser ma nièce, attendez-vous à être sous mandat d'arrestation dans les prochaines heures! (Le comte fit une pause et reprit :) Si vous acceptez, le révérend Jenkins porte sur lui une licence de mariage que j'ai fait remplir avant de quitter Londres. Il aura le plaisir de vous unir à ma petite Cara dans votre chapelle privée.

Vous êtes en possession de tous les éléments. A vous de choisir!

Le marquis se sentit emporté par une fureur aveugle, et il allait crier au comte et à ses âmes damnées de quitter les lieux sur-le-champ, lorsque la jeune fille s'avança au centre de la pièce.

– Non! s'écria-t-elle. Croyez-vous que je vais épouser le marquis? Vous vous trompez, oncle Lionel! Je me suis sauvée de chez vous parce que vous m'imposiez un mariage odieux, et je n'accepterai aucun des partis que vous me proposerez!

Le comte se tourna vers elle pour la première fois depuis son arrivée et lui lança un regard plein de haine.

– Toujours à me défier, Cara? J'admets que vous vous êtes bien débrouillée: vous avez trouvé un fiancé beaucoup plus séduisant que mon candidat. Ne faites pas de manières, épousez-le, puisqu'il vous plaît!

– Je ne fais pas de manières! Je vous répète que je ne veux pas me marier, ni avec sir Benjamin, ni avec le marquis. Vous savez que le sacrement n'est pas valable si l'un des conjoints dit non!

Ses yeux brillaient d'un feu mal contenu et ses paroles se bousculaient sur ses lèvres. Matlock fit un pas vers elle et, levant le bras, lui administra une gifle retentissante. La jeune fille perdit l'équilibre et tomba sur le sol.

Avec une rapidité qui laissa Broome interdit, le comte saisit la cravache dans sa main droite et roua de coups le corps étendu à ses pieds.

Le marquis se dressa en hurlant:

– Comment osez-vous? Arrêtez! On ne frappe pas une femme!

Il repoussa d'un geste brusque la lourde table et bondit vers Matlock, les poings serrés.

Au même moment Israël Jacobs fit un pas en avant et pointa un pistolet sur la poitrine du marquis.

– Milord, je vous ordonne de rester où vous êtes! Un tuteur a tous les droits sur sa pupille. A quel titre intervenez-vous?

Le comte abaissa une dernière fois sa cravache sur Cara et se retourna pour faire face à son hôte.

– Monsieur a raison, approuva-t-il. Quand j'en aurai fini avec cette petite capricieuse, elle acceptera le diable lui-même, et à genoux!

Le marquis, tourné vers l'homme de loi, se disait qu'en agissant par surprise il pourrait le désarmer avant de recevoir une balle dans le corps. Il s'apprêtait à bondir quand il vit le pasteur sortir lui aussi un pistolet; sa main tremblante et mal assurée faisait de lui un adversaire encore plus dangereux que l'avocat.

Avec ces deux armes dirigées vers lui, Broome était réduit à l'impuissance. Il vit la jeune fille se relever en étouffant des gémissements de douleur cependant que le comte brandissait encore sa cravache de façon menaçante...

– Bien, Matlock, vous avez gagné... concéda le marquis, la mort dans l'âme. Votre chantage a réussi.

– J'ai assez joliment préparé notre entrevue, admit l'oncle de Cara. Maintenant, parlons affaires.

Le marquis réussit à conserver un silence méprisant et il vint s'adosser à la cheminée, cherchant toujours le moyen d'échapper au piège. L'avocat et l'aumônier avaient baissé leur arme. Le comte toisait sa nièce, les sourcils froncés, et visiblement il regrettait de ne pas pouvoir la battre davantage.

– Ma chère, votre futur époux a cédé un peu vite à mon gré! J'ai un compte à régler avec vous : comment avez-vous osé vous enfuir de chez moi? Quels sont vos complices? Parlez!

Cara ne répondit pas.

– Toutefois, je ne regrette pas sir Benjamin, continua son bourreau. Vous me serez beaucoup plus utile, mariée au célèbre marquis de Broome!

Il s'exprimait avec lenteur, en ricanant, et soudain le marquis comprit de quel prétendant il était question : sir Benjamin Forst!

C'était pour lui une simple connaissance, et qui ne comptait pas au nombre de ses amis. Il lui sembla en effet que cet homme ne convenait pas du tout à Cara. Que racontait-on dans les clubs sur sir Benjamin?

Mais il n'eut pas le loisir de chercher dans ses souvenirs car Matlock s'avançait à son tour vers la cheminée, un sourire déplaisant sur les lèvres.

– Finissons-en, mon ami. Signez-moi d'abord le chèque, puis nous procéderons à la cérémonie.

Cara, sur le point de s'évanouir, s'appuyait à la table : elle était très pâle, sa joue gauche portait la trace de la gifle, et son dos la faisait abominablement souffrir. Elle n'avait qu'une pensée : se glisser jusqu'à l'écurie pour y seller un cheval et fuir... fuir n'importe où...

Son petit pécule et ses bijoux se trouvaient en haut, dans sa chambre, mais cela n'avait pas d'importance! Elle devait disparaître avant d'être forcée à épouser le marquis. Son oncle Lionel ne parlait pas à la légère, elle en savait quelque chose!

Lorsqu'elle s'était évadée la veille de sa maison, place Grosvenor, elle savait que nulle prière, nulle supplication n'empêcherait son tuteur de la vendre à sir Benjamin.

Le comte l'avait déjà battue jusqu'au sang; il voulait se débarrasser d'elle au plus offrant.

A aucun moment elle n'avait pensé que son oncle saurait la retrouver, puis retourner la situation d'une manière si profitable pour lui, et si désastreuse pour l'homme généreux qui était venu à son secours...

Lentement, presque imperceptiblement, elle se rapprocha de la porte; mais au moment où elle atteignait l'embrasure, Israël Jacobs fit un pas en arrière, bloquant ainsi le passage. Il ne dit pas un mot, il se contenta de rester là, détruisant tout espoir de salut. Cara poussa un soupir et admit sa défaite.

A l'autre extrémité de la pièce, Broome disait calmement :

– Soyez raisonnable, je vous prie. J'accepte de vous donner l'argent. Je n'ai pas enlevé votre nièce, vous le savez pertinemment. Pourquoi l'épouserais-je ? Elle a été chaperonnée dans cette maison par ma femme de charge, une personne âgée et très respectable.

– C'est une domestique, payée par vous. Aucun magistrat ne considérera son témoignage comme digne de foi. Ma nièce a passé la nuit sous votre toit : vous lui devez réparation. (Matlock ne put s'empêcher d'ajouter, car sa victoire lui montait à la tête :) Vous avez pris votre plaisir; payez l'addition maintenant !

Le marquis dut exercer une maîtrise de fer sur

ses émotions pour ne pas se ruer sur son ennemi et l'étrangler.

– Je vous offre quinze mille livres, et vous me laissez en paix.

– Non, non, cher ami! Votre position dans le monde m'intéresse plus qu'une somme d'argent, si importante soit-elle. Nous deviendrons proches parents et ceci me permettra de vous réclamer à l'avenir quelques menus services...

Le comte avait parfaitement raison : il tirerait des avantages sans nombre de ce lien familial!

Cependant Matlock voulait presser les choses.

– Je suppose que vous ne gardez pas votre carnet de chèques dans une salle à manger; s'il se trouve dans votre bureau, allons-y sans plus tarder.

Etre commandé de la sorte dans sa propre demeure est une situation bien humiliante, mais le marquis ne présenta aucune objection et marcha docilement jusqu'au seuil de la pièce.

Là se tenait toujours Cara qui sortit la première et s'avança dans le corridor au côté du marquis. Le comte et ses complices fermaient la marche, enchantés du succès de leur manœuvre.

Un valet de pied ouvrit la porte du bureau; c'était une vaste pièce meublée de confortables sièges en cuir, de bibliothèques et d'une écritoire avec un encrier d'argent et du papier aux armes des Broome. Sur les murs étaient accrochées des toiles représentant des chevaux et des chiens.

Le marquis se dirigea vers le fauteuil placé devant l'écritoire. Cara marchait plus lentement, cherchant toujours le moyen de s'échapper : comment fuir, avec son oncle derrière elle? Sa vue se brouillait, son cœur battait à se rompre. La jeune fille s'effondra sur un siège bas placé devant le feu et tendit ses mains tremblantes vers les flammes.

Elle ignorait que les coups de cravache donnés par son oncle lui avaient déchiré la peau. Bientôt, des taches de sang apparurent sur l'étoffe de sa robe. De sa place, au bureau, le marquis s'en aperçut et ses traits se figèrent en un masque impénétrable. Il ouvrit un tiroir et en sortit son carnet de chèques.

Pendant que Broome trempait sa plume d'oie dans l'encrier, le comte jeta un coup d'œil triomphant à la ronde et avisa dans un angle de la pièce une petite table supportant un plateau chargé de liqueurs.

Sans demander l'autorisation, il se servit de cognac et remplit deux verres pour ses acolytes.

Avant de boire, il se retourna vers le marquis :

– A votre santé, mon cher! A votre bonheur!

L'interpellé ne leva même pas les yeux.

– Je vous souhaite bien du courage, continua le comte. Vous trouverez ma petite Cara difficile à mater. Aussi vais-je vous offrir un cadeau de mariage très utile : cette cravache dont vous avez pu constater l'efficacité!

Et joignant l'effet à la parole, il jeta sur le bureau le petit fouet à manche d'argent qu'il avait gardé à la main. S'il espérait une explosion de fureur, il en fut pour ses frais; le marquis signa son chèque et se leva.

Matlock se rua sur le morceau de papier, tant était grande son avidité. Il l'examina soigneusement, comme s'il craignait une fraude quelconque, et dit :

– Tout me semble en ordre. A présent, Broome, conduisez-nous à votre chapelle. En bon chrétien que vous êtes, vous devez la garder propre et fleurie?

Le marquis ne daigna pas répondre. Il rejoignit Cara près de la cheminée et lui tendit la main pour l'aider à se relever; en dépit de la chaleur des flammes, les doigts de la jeune fille étaient glacés.

Le menton levé, la joue brûlante, elle passa devant son oncle qui terminait son cognac. Le marquis s'effaça pour la laisser sortir la première et soudain une idée s'imposa à elle avec la force de l'évidence.

Dès qu'elle se fut engagée dans le couloir, elle se retourna vivement, claqua la porte et tourna la clé dans la serrure. Puis elle rassembla son ample jupe et se mit à courir vers le hall.

Le vantail du perron était ouvert. Au pied des marches des grooms tenaient par la bride les trois chevaux qui avaient amené le comte et ses compagnons.

Cara dévala les degrés et bondit en selle sur la monture la plus proche. Elle n'essaya pas de se mettre en amazone mais lança ses jambes de chaque côté; elle saisit les rênes et donna un vigoureux coup de talon dans les côtes de son cheval.

Avant que les serviteurs médusés aient pu esquisser un geste, elle avait franchi le pont du lac et disparaissait dans l'avenue bordée de chênes.

Hélas, il lui fallut peu de temps pour découvrir que l'animal avait fourni un effort prolongé en venant dc Londres d'une seule traite... Son oncle avait certainement coupé à travers champs, craignant que le marquis ne quitte Broomc avant son arrivée!

Cara ne portait ni cravache ni éperons; elle excitait de la voix la pauvre bête qui ne pouvait faire mieux qu'un trot poussif...

En atteignant les deux bâtiments de la porterie, Cara se retourna et aperçut un cavalier au milieu de l'avenue. Il n'était pas difficile d'imaginer ce qui s'était passé : le comte avait couru vers le cordon de sonnette pour alerter les domestiques qui lui avaient ouvert la porte.

Devant la loge, la route pour Londres partait vers la droite; la jeune fille tourna délibérément à gauche, dans un chemin plus étroit et qui longeait le mur d'enceinte.

Cara pressait son cheval, mais sans résultat. Aussi quand elle parvint devant un champ, au centre duquel se dressait un bouquet d'arbres, et dont la barrière était ouverte, elle s'y précipita. Elle espérait se cacher dans le bosquet, mais au moment de s'y enfoncer elle regarda derrière elle et, avec un horrible pincement au cœur, elle constata qu'on l'avait suivie : son oncle entrait à son tour dans le champ!

Il fouettait sauvagement sa monture et en obtenait un train beaucoup plus soutenu. Les haies n'ayant plus de feuilles à cette époque de l'année, il avait pu voir de loin la robe claire de la fugitive et arrivait sur elle à bride abattue.

Jugeant sa fuite impossible, Cara trouva plus digne de revenir sur ses pas.

– Que le diable emporte cette espèce d'idiote! hurlait son oncle, rouge et transpirant. Quelle idée lui a prise? Elle est complètement folle!

– Je me sauvais loin de vous, oncle Lionel.

La jeune fille essayait de parler courageusement, quoique son cœur pesât dans sa poitrine comme une pierre. Le désespoir la gagnait de nouveau : elle n'avait pas été capable de se tirer d'affaire, ni de venir en aide à son protecteur...

– Allez, rentrez avec moi! ordonna le comte. Et si Broome a disparu, je vous promets une correction qui vous fera regretter d'être née!

– C'est une pensée qui m'est venue souvent depuis que j'habite chez vous, rétorqua sa nièce.

Matlock sortit de l'enclos et Cara le suivit, bien à contrecœur. Dans l'avenue ils avancèrent de front et le comte prit un ton plus conciliant :

– Réfléchissez un peu, Cara! Vous verrez que je vous rends un fameux service en vous mariant à Broome. Vous serez fort riche, et jouirez d'une position qui n'a guère d'égale dans le royaume.

– Oui, je serai toute ma vie liée à un homme qui me détestera et me méprisera parce que je suis votre nièce!

Au lieu de se fâcher, le comte eut un petit rire :

– Finalement, je l'ai bien eu! (Et Cara demeurant silencieuse, il poursuivit :) Pendant toutes ces années, il n'a pas cessé de se mettre sur mon chemin! Je tiens ma revanche à présent! « Sa Grandeur » en est réduite à me lécher les bottes!

– Puisque vous avez votre chèque, supplia la jeune fille, laissez-moi partir! Je disparaîtrai. Vous n'entendrez plus parler de moi...

– Je n'ai pas l'intention de discuter avec vous! Non, vous épouserez Broome devant Dieu – s'il existe – et devant moi! Je vous traînerai de force à l'autel, si besoin est. Je me demande s'il se trouve au monde un tuteur aussi dévoué que moi pour une pupille aussi ingrate!

– Vous ne faites pas cela pour mon bonheur! Vous détestiez mon père, vous étiez jaloux de lui! Et c'est pour cela que vous me haïssez! Le seul bénéfice que je tirerai de cette affaire, c'est de ne plus vivre avec vous!

– Tiens! La vipère a encore du venin! Je croyais l'avoir épuisé à force de vous battre. Quel dommage que vous n'épousiez pas sir Benjamin : il aurait su vous dresser!

Cara se tut. La maison lui apparut, avec son lac et ses allées bien dessinées; oui, son oncle avait raison : toute une vie avec le marquis était préférable à un seul jour passé en compagnie de sir Benjamin!

Elle se sentit soudain très faible, non seulement parce que son oncle l'avait de nouveau réduite à sa merci, mais aussi parce que son dos la faisait atrocement souffrir. Elle accéléra l'allure pour ne plus entendre les plaisanteries et les sarcasmes de son oncle. Elle était sur le point de défaillir et ne pensait qu'à se maintenir en selle.

Elle parvint jusqu'au perron. Lorsqu'un valet s'avança pour tenir son cheval, elle passa une jambe par-dessus la selle et se laissa glisser à terre. Mais quand elle fut debout au pied des marches, il lui sembla qu'elles devenaient immensément hautes et que l'antique demeure se penchait sur elle pour l'écraser.

Ses yeux se fermèrent et elle tomba.

Lorsqu'elle reprit conscience, elle se trouvait assise sur le banc seigneurial des Broome, à l'intérieur de la chapelle.

Une main appliquait sur son front un mouchoir imbibé d'eau de Cologne, quelqu'un essayait de lui faire avaler quelques gorgées d'alcool.

Instinctivement elle détourna la tête, mais elle entendit la voix calme du marquis lui dire :

– Buvez. Cela vous fera du bien.

Docilement Cara obéit, avala une gorgée, puis toussa quand le liquide cuisant descendit le long de son gosier. Et aussitôt elle se sentit mieux.

Comme le marquis pressait toujours le verre contre ses lèvres, elle prit encore un peu d'alcool et les ténèbres qui l'enveloppaient se dissipèrent. Elle savait maintenant pourquoi elle se trouvait en cet endroit.

– Elle a repris ses sens, dit une voix.

Le mouchoir fut retiré de son front. Cara tourna la tête et vit le marquis assis à côté d'elle. Ses yeux étaient dans l'ombre et on ne pouvait lire leur expression, mais son menton pointé en avant et ses lèvres pincées montraient à l'évidence qu'il retenait une furieuse colère.

– Voulez-vous encore boire? demanda-t-il, et Cara sentit à l'inflexion de sa voix que sa fureur n'était pas dirigée contre elle.

– Non, je vous remercie.

– Allons! trancha son oncle. Dépêchons! Commençons la cérémonie!

La jeune fille tourna la tête de l'autre côté: le comte se tenait debout dans l'allée centrale et faisait signe au pasteur. Celui-ci avait revêtu son étole et attendait près de l'autel.

Il ne portait aucun autre ornement sacerdotal et ses bottes d'équitation poussiéreuses paraissaient fort déplacées dans ce saint lieu.

Malgré cet accoutrement peu conventionnel, il avait certainement été ordonné prêtre, et l'oncle Lionel n'avait pas manqué de s'en assurer! Avec une licence en bonne et due forme, ainsi que la présence d'un aumônier, cette union serait valable et légale...

Ainsi, elle avait échoué! Il ne lui restait plus qu'à

se soumettre à un mariage tellement scandaleux qu'il en devenait une farce et un outrage à Dieu et à son Eglise.

Le marquis s'avança jusqu'au bas des marches qui conduisaient à l'autel et attendit que Cara vienne le rejoindre.

Comme un animal traqué, la jeune fille jeta un coup d'œil à la ronde. Sur le seuil de la chapelle se dressait la silhouette maigre d'Israël Jacobs; il gardait la main dans sa poche, prêt à brandir son arme contre celui qui voudrait quitter l'oratoire, ou contre tout renfort venant de l'extérieur. Il fixait la jeune fille d'un air moqueur, comme s'il riait de son impuissance.

Le comte de Matlock saisit sa nièce par le bras :

– Pas de simagrées! dit-il.

Cara eut un geste de révolte et se mit debout en prenant appui sur le prie-Dieu. Ce mouvement eut pour effet de détacher la robe de ses plaies à peine fermées. Elle réprima difficilement un cri de douleur mais se domina pour ne pas donner prise aux railleries. Son orgueil vint à son secours; elle tapota ses boucles afin de leur rendre un semblant d'élégance puis s'avança dans l'allée centrale.

Sans un regard à son oncle elle vint se placer à côté du marquis.

L'aumônier commença aussitôt les prières rituelles qu'il marmonna avec tant de hâte que Cara ne put le suivre. Elle vivait un cauchemar qui n'avait aucun sens.

– Moi, Ivo, je te prends pour légitime épouse, Cara Mathilda...

Broome répétait ces mots après le pasteur et sa voix ne trahissait aucune émotion.

– Moi, Cara Mathilda, je te prends, Ivo...

C'était à son tour de s'engager, et elle allait perdre à tout jamais ses rêves, sa liberté, ses chances de bonheur.

Bien qu'elle eût juré de ne pas se marier, quelque part au fond de son cœur subsistait comme une faible espérance de trouver un jour l'homme qui la rendrait heureuse.

Cette petite lumière avait failli s'éteindre quand son oncle lui avait présenté sir Benjamin comme son futur époux. A ce moment-là elle avait compris que la fuite était le seul moyen d'échapper à la brutalité de son oncle et de son prétendant.

Elle en avait trop supporté! Elle partait, et jamais un homme ne la ferait sienne!

Pour sa vie entière elle serait seule et libre, à moins que, miraculeusement, un être d'exception ne réussisse à gagner sa confiance et son amour...

Elle croyait être sauvée; elle pensait traverser la Manche et se réfugier en France. Or elle était enchaînée désormais au marquis de Broome, pour le reste de son existence.

– Que nul ne sépare ce que Dieu a uni! terminait l'officiant.

Sa voix grêle résonnait sous la voûte gothique. C'était la voix même du destin.

Mais Cara ne voulait pas se résigner. Plus tard, d'une façon ou d'une autre, elle saurait se sauver. Et cette fois, pour de bon!

4

Du porche de sa demeure le marquis regardait Matlock et ses âmes damnées disparaître le long de l'avenue.

Il avait acquis durant ses années de guerre assez d'empire sur lui-même pour ne pas au dernier moment se jeter sur le comte et effacer de son visage le large sourire de satisfaction que celui-ci arborait en partant.

A la fin de la cérémonie, Matlock s'était penché vers son nouveau neveu :

– Nous offrirez-vous un verre de champagne pour célébrer cet heureux événement? Ou est-ce trop présumer de votre hospitalité?

Il n'avait pas reçu de réponse. Le marquis avait quitté la chapelle et s'était avancé jusqu'au vestibule du château. Ouvrant alors toute grande la porte d'entrée, il était resté immobile et muet, en fixant son ennemi.

Ainsi sommé de quitter les lieux, celui-ci hésita un moment. Il fut sur le point de décocher une nouvelle raillerie, mais jugea plus sage de descendre dignement le perron et d'enfourcher son cheval.

L'avocat et l'aumônier firent de même, et les trois

hommes s'éloignèrent sous les regards menaçants du marquis.

Lorsque les chevaux s'engagèrent entre les nobles chênes, et que s'estompa le bruit de leurs sabots sur le gravier, le marquis appela un des valets qui s'étaient occupés des chevaux des visiteurs.

– John!

– Oui, milord.

– Sellez Coup-de-Vent et amenez-le ici!

– Bien, milord.

Voulant éviter la présence de Cara, le marquis ne rentra pas dans la maison; il traversa la terrasse qui s'étendait jusqu'au lac et s'accouda à la balustrade.

Le soleil d'hiver avait fait fondre la mince couche de glace formée pendant la nuit, et des cygnes noirs glissaient doucement sur l'eau transparente.

Broome ne regardait pas ce paisible tableau, car l'humiliation infligée par son rival le brûlait comme un fer rouge. C'était la première fois qu'il se faisait si complètement et si abjectement duper.

Tout s'était passé si vite! Etait-ce bien réel? Hélas, il se trouvait bel et bien marié à une jeune femme dont il ne soupçonnait pas l'existence la veille au soir! Marié! Lui...

Il se répétait machinalement ce mot fatidique; son cerveau ne pouvait que tourner en rond : impossible d'en extraire quelque pensée cohérente, encore moins une solution pour sortir de cette affreuse situation...

Au bruit des harnais qui tintaient et des sabots qui frappaient les dalles, il se retourna et vit approcher le plus beau pur-sang de son écurie. Le marquis espérait, en s'absorbant dans un exercice violent, atténuer le tumulte intérieur qui menaçait de l'entraîner vers la folie.

Il bondit en selle sans requérir l'assistance du laquais, et partit au galop; dédaignant l'avenue, il coupa au travers du parc en direction des immenses prairies où il pourrait lancer Coup-de-Vent dans un galop qui les laisserait tous les deux abrutis de fatigue.

Cara, d'une fenêtre, avait vu son oncle s'en aller.

Elle monta lentement l'escalier d'ébène. Chaque marche lui demandait un effort surhumain. La douleur intense qu'elle ressentait dans le dos l'empêchait de réfléchir aux récents événements. Elle se refusait à envisager clairement les conséquences de son mariage. Tout ce qu'elle désirait, c'était le silence et le repos.

Elle atteignit la porte de sa chambre, s'avança sur le parquet ciré et gagna le lit où elle s'assit avec précaution. Soulevant ses jambes, elle s'allongea sur le côté puis ferma les yeux; une nausée la submergeait. Si elle avait pu mourir, là, maintenant...

Plusieurs heures plus tard, elle s'éveilla d'un sommeil lourd. Le sang de ses blessures avait complètement séché. Au premier geste qu'elle fit, un gémissement de souffrance lui échappa.

La porte s'ouvrit.

– Avez-vous appelé, milady?

Le visage de Mme Peel, la gouvernante, se penchait au-dessus de Cara.

– Votre Seigneurie se sent-elle assez reposée pour emménager dans l'autre chambre? Tout est prêt. Voulez-vous changer de robe, ou vous coucher?

Docilement Cara se laissa conduire dans l'aile sud où se trouvaient les appartements des maîtres. Elle était trop fatiguée pour admirer les tapisseries et les meubles. Elle ne songeait qu'à sa détresse et ne souhaitait rien d'autre qu'un nid de souris pour s'y blottir à l'abri des regards.

La dévêtir demanda beaucoup de précautions et de temps. Mme Peel ne se permit aucun commentaire : elle s'absenta quelques instants pour chercher une pommade confectionnée par elle avec les herbes du petit jardin officinal situé dans les dépendances du château. Elle étala cet onguent avec douceur sur la peau lacérée de Cara, qu'elle recouvrit d'un bandage de fin linon.

Elle avait commandé aux cuisines une boisson chaude composée de lait et de miel que la jeune fille but avec plaisir.

Puis elle installa Cara dans un énorme lit à baldaquin doré, sculpté, surmonté de plumes d'autruche et tendu de soie brodée. Ce décor impressionnant ne lui fit pas le moindre effet.

Dès que sa chevelure toucha l'oreiller, ses paupières s'abaissèrent. Elle entendit Mme Peel tirer les rideaux devant les trois immenses fenêtres puis se retirer sur la pointe des pieds. Elle ne devait penser à rien. Il fallait simplement dormir.

Le marquis ne regagna sa demeure qu'à la fin de l'après-midi. Quand il le vit monter le perron d'un pas lent, Newman, le maître d'hôtel, s'inquiéta de le voir soudain si vieilli et si fatigué.

Les domestiques étaient naturellement très intrigués par les derniers événements. Ils savaient tous que leur maître s'était rendu dans la chapelle avec un aumônier, et en compagnie de l'inconnue arrivée durant la nuit.

Mme Peel était d'une discrétion exemplaire, mais les caméristes placées sous ses ordres ne pouvaient s'empêcher de répéter à tout venant que la jeune dame portait un pantalon sous la cape dont l'avait couverte Son Honneur.

Mille suppositions couraient sur son identité, et sur la manière dont le marquis avait fait sa connaissance. Chacun donnait son opinion, depuis les garçons de cuisine jusqu'aux vieilles lingères.

Newman prit respectueusement la cravache et les gants de son maître.

– Un monsieur est arrivé de Londres pour vous voir, milord. Je l'ai installé dans votre bureau.

– De Londres? répéta machinalement le marquis.

Sa première pensée fut qu'il s'agissait de son ami Hansketh, mais celui-ci ne devait arriver que plus tard. Et son respect des bonnes manières empêcha Broome de renvoyer un visiteur venu exprès de la capitale.

Il se sentait las et affamé, et désirait par-dessus tout prendre un bain; il marcha vers son bureau en espérant y passer le moins de temps possible.

Un valet de pied ouvrit la porte et l'homme assis devant la cheminée tourna la tête. A son grand étonnement, Broome reconnut un courtisan du roi George III, qui l'honorait de son amitié.

– Bonjour, mon cher Bingham! lança-t-il avec une certaine chaleur. Je suis désolé de vous avoir fait attendre. Je ne m'attendais pas à votre venue.

– Je voulais vous annoncer la nouvelle moi-même, Ivo : Sa Majesté est décédée cette nuit, à l'aube.

– Le roi est mort...

Broome fut très ému par cette nouvelle. Comme le Régent, il avait fini par croire que le souverain ne mourrait jamais...

– Puisque ce jour est l'anniversaire de l'exécution de Charles Ier, la proclamation de la succession au trône ne saurait avoir lieu avant lundi, expliqua le visiteur.

– Le Régent compte-t-il sur ma présence?

– Effectivement. C'est pourquoi je suis venu vous prévenir aussitôt.

– Merci, Bingham. Permettez-moi de vous offrir un rafraîchissement. Du vin ou du cognac?

– Du vin, s'il vous plaît.

– Vous passerez la nuit ici, cela va sans dire, et nous partirons pour Londres à la première heure demain matin.

– Oui, le plus tôt sera le mieux. Prinny a appris la nouvelle avec un immense chagrin. Il a besoin de ses amis et vous réclame en priorité.

Le marquis accepta le compliment avec une certaine indifférence; il connaissait le caractère sentimental du nouveau roi : toute sa vie, après avoir à vingt-deux ans tenté de se suicider pour l'amour de Mme Fitzherbert, celui qui se nommerait désormais George IV s'était complu dans le mélodrame. A la moindre occasion il fondait en larmes ou se mettait dans des états proches de l'hystérie.

Broome déboucha une bouteille de champagne et en offrit une coupe à son compagnon.

« Vraiment, pensait-il, les émotions de Prinny sont bien les derniers de mes soucis! Pour ma part, j'ai à m'occuper de Cara! »

S'il partait pour Londres, que ferait-il de sa jeune épouse ?

Et, autre problème : comment annoncerait-il son mariage à ses amis ?

Le marquis détestait mettre en avant sa vie privée. Or, voici qu'un scandale menaçait de le discréditer. De quelle manière présenter son union avec une jeune fille totalement étrangère à la bonne société ? La nouvelle ferait presque autant de bruit que celle de la mort du roi !

Soudain il s'aperçut que le courtisan ne buvait pas mais restait debout, sa coupe à la main. Broome comprit aussitôt ce qu'on attendait de lui.

– Vive notre nouveau souverain ! lança-t-il d'une voix forte. Que Dieu le bénisse !

– Vive George IV ! approuva Bingham qui but d'un trait le contenu de son verre.

Un peu plus tard, le marquis sonna Newman pour que l'on fasse préparer une chambre à l'intention de son hôte, et bientôt le majordome revint se proposer pour conduire le visiteur à son appartement s'il désirait se changer avant le dîner.

Le marquis gagna l'aile sud pour prendre un bain fort attendu, et tout en se lavant il réfléchit aux circonstances imprévues qui l'empêchaient de rester à la campagne.

Il n'avait toujours pas pris de décision concernant Cara lorsqu'il sortit dans le couloir pour regagner sa chambre. Il aperçut la gouvernante dans l'embrasure d'une porte ouverte : ce simple détail lui apprit qu'on avait installé la jeune femme dans la pièce voisine de la sienne et que la domesticité était au courant de son mariage. Une usurpatrice logeait dans le précieux décor réservé à la marquise de Broome !

Une vague de colère envahit le marquis. Son personnel n'avait pas attendu ses instructions. Les meubles et objets d'art que sa mère avait tant aimés ne pouvaient pas appartenir à une étrangère!

S'il avait suivi sa première impulsion, Broome serait entré dans la pièce pour en expulser Cara : qu'elle dorme dans une mansarde ou n'importe où, pourvu que ce soit à l'autre extrémité de la maison!

Mme Peel lui fit la révérence, et son bon sens lui revint. Il salua la femme de charge et lui prêta une oreille bienveillante.

– Sa Seigneurie va un peu mieux, milord. J'ai cru qu'il serait nécessaire d'envoyer chercher le docteur, pour son dos, mais je crois maintenant que nous pourrons nous en passer.

Le marquis réprima un sursaut : si le médecin local examinait Cara, tout le comté saurait très vite que la nouvelle marquise de Broome avait été battue jusqu'au sang.

– Madame Peel, dit-il calmement, je désire que nul n'apprenne les ennuis de Sa Seigneurie. Je compte sur vous pour qu'on n'en parle ni dans cette maison, ni au-dehors!

– J'y veillerai, milord.

Elle s'inclina en une nouvelle révérence et le marquis la quitta pour entrer dans sa chambre dont il referma la porte avec un bruit qui ressemblait fort à un claquement délibéré.

Mme Peel poussa un soupir discret et s'éloigna. Le marquis aurait été surpris de savoir combien l'excellente femme se tracassait à propos de son mariage. Tout s'était passé de manière si bizarre! Et milord avait choisi une jeune personne qui ne correspondait guère à l'idée qu'on se fait d'une marquise...

« Un pantalon, des cheveux coupés, des marques de fouet sur le dos! récapitulait d'un air accablé la gouvernante, en gagnant le quartier des domestiques. Où allons-nous, je me le demande? »

Le marquis et son visiteur dînèrent en tête-à-tête et firent quelques suppositions sur les changements qui allaient se produire dans le royaume.

– J'espère que Sa Majesté m'écoutera plus attentivement, confia Broome. Il faut entreprendre des réformes urgentes!

Bingham avait déjà entendu son ami exposer ses idées sur ce sujet. Il renchérit :

– La situation empire de jour en jour dans le Nord. Malheureusement les autorités ont l'air de croire qu'en se fermant les yeux et en se bouchant les oreilles, tout redeviendra comme avant!

Le marquis pinça les lèvres; il savait pertinemment que les lois votées pour briser les émeutes et connues sous les nom des « Six Actes » n'avaient qu'aggravé les choses. De nombreux pairs déclaraient comme le duc de Cambridge que « seule la fermeté abattrait l'abominable vent de révolte qui soufflait sur l'Angleterre », mais ce n'étaient que des mots, et des mots dangereux.

Il fallait passer à l'action. Broome avait plus d'une fois parlé avec fermeté au Régent, le suppliant d'intervenir en faveur des plus pauvres. Et Son Altesse avait pu mesurer la justesse de ses propos quand il s'était fait huer par la populace jusqu'à la porte de Carlton House.

Lady Hertford, sa maîtresse, avait été bloquée par la foule dans sa voiture, et il avait fallu faire appel à la police pour la dégager.

– Ce que les émeutiers demandent, reprit le marquis, c'est une nourriture moins chère, des salaires convenables et surtout un interlocuteur qui les écoute!

– Notre nouveau roi est plein de bonne volonté; parlez-lui, mon cher Broome!

Mais le monarque serait accablé d'innombrables récriminations et il lui faudrait faire face à d'énormes problèmes dont le moindre n'était pas la conduite scandaleuse de son épouse, la princesse Caroline.

En songeant à la malheureuse union de Prinny, le marquis fut ramené à la question de son propre mariage. Dans l'immédiat Cara se trouvait là-haut, sous bonne garde, mais n'imiterait-elle pas dans le futur les extravagances de la princesse?

Caroline était arrivée en août 1795 de son petit pays de Brunswick pour épouser l'héritier du trône anglais, et très vite sa conduite avait dépassé les limites de la décence et scandalisait toute l'Europe. A Gênes elle était apparue dans une fête costumée déguisée en Vénus, c'est-à-dire nue jusqu'à la taille. Un autre jour elle avait parcouru les avenues de la ville dans un phaéton incrusté de nacre, habillée comme une petite fille et montrant la plus grande partie de ses énormes jambes roses.

En Grèce, elle participait aux bals populaires et dansait avec ses domestiques, dans une tenue fort immodeste. A Naples, à Baden-Baden, elle avait horrifié par ses manières les gens bien élevés. Finalement, elle avait été mise au ban de la société.

Or, même s'il n'en parlait jamais, le marquis était très fier de son nom et de son héritage. Ses ancêtres avaient joué un rôle actif dans l'histoire de la

Grande-Bretagne. Quant à lui, il avait toujours pris soin de ne pas jeter le moindre discrédit sur le blason qui ornait le fronton de son château et les portières de ses voitures.

Néanmoins, songeait-il pour se rassurer, Cara ne pouvait se comparer à l'énorme et tapageuse princesse, et il ne serait pas si difficile de forcer à la soumission une jeune personne de dix-huit ans!

« Après tout, se disait-il, n'ai-je pas commandé un corps de troupes à la bataille de Waterloo? »

Toutefois il sentait qu'une femme ne serait pas aussi docile qu'un bataillon bien entraîné!

La conversation avec son hôte ne se prolongea pas très tard dans la nuit : le visiteur se retira en alléguant qu'il voulait dormir le plus possible avant de retrouver le roi et ses exigences. Demeuré seul, Broome parvint à la conclusion qu'il devait parler immédiatement à Cara.

Elle n'était pas en état de voyager; elle resterait donc à la campagne, mais il ne voulait pas la laisser longtemps seule. Il avait la pénible impression que mieux valait garder son épouse auprès de lui, même si cela lui était désagréable, que de la reléguer au loin sans savoir ce qu'elle faisait ou projetait de faire.

« Elle est maintenant ma femme! Et je ne supporterai pas ses caprices! »

En traversant le hall, Broome jeta un coup d'œil à la grosse pendule posée sur une console à dessus de marbre. L'heure n'était pas très avancée; il pouvait encore frapper à la porte de Cara.

Parmi les événements récents, une circonstance lui était favorable : puisqu'on attendait le lundi pour proclamer la succession au trône, cela retarderait d'autant l'annonce de son mariage.

Le marquis gagnait ainsi quelques jours de tranquillité.

« Je verrai comment les choses se présenteront à Londres! » se dit-il.

Ses pas le conduisirent devant la chambre où reposait Cara. Au moment de frapper à la porte, il hésita : ce serait beaucoup plus discret de passer par le boudoir qui séparait les deux appartements de maîtres.

Cette dernière pièce était autrefois la retraite favorite de sa mère. Elle aimait se tenir au milieu des souvenirs qu'elle avait accumulés sa vie durant : des portraits de son fils et de ses filles quand ils étaient enfants, un grand tableau représentant son mari, des porcelaines de Sèvres, des jades venant d'Extrême-Orient.

Après avoir donné à son valet des instructions précises pour le départ, le marquis entra dans le boudoir. A la vue des objets familiers, il ressentit une souffrance presque physique. Une inconnue, la nièce de son pire ennemi, épousée sous la contrainte, en était maintenant la légitime propriétaire...

La première chose à faire était de bien montrer à Cara qui était le seigneur du château, et ce qu'on attendait d'elle.

Des bouquets de fleurs emplissaient les vases, et des bougies neuves brûlaient dans les chandeliers. Les appartements de l'aile sud étaient prêts à tout moment à être utilisés. Telle était la règle dans cette maison.

Sans accorder un regard au portrait en pied de son père ni au groupe réunissant ses deux sœurs et lui-même, peints par Gainsborough, il marcha rapidement jusqu'à la porte opposée. En posant la main sur la poignée il éprouva un tel sentiment de colère et de frustration qu'il faillit revenir sur ses pas : mieux valait ne pas rencontrer l'intruse pour laquelle il avait tant de répulsion !

Mais la jeune fille n'était coupable de rien et il serait injuste de la blâmer pour ce qui s'était passé.

Il appuya donc sur la clenche et s'étonna de trouver la serrure fermée à clé. Il n'imagina pas une seconde que Cara y fût pour quelque chose et accusa in petto une domestique négligente.

Aussi leva-t-il simplement la main pour frapper des coups discrets sur le battant. Il n'avait pas envie que son valet, toujours dans sa chambre, entende le moindre bruit. Néanmoins il fallait alerter l'occupante.

Il hésita un moment à faire le tour pour entrer par l'autre porte. Il frappa de nouveau.

– Cara !

Il y eut un silence, puis une voix inquiète demanda :

– Qui est-ce ?

– Je veux vous parler. Ouvrez-moi !

Après un bref silence, la réponse arriva, très nette :

– Non !

– C'est important. Il faut que nous parlions ensemble.

Un piétinement léger lui apprit que Cara s'était levée du lit et s'avançait vers la porte.

– Pourquoi voulez-vous me voir ?

– Mes projets sont changés; je dois vous en faire part.

– Dites-les-moi à travers la porte.

Le marquis sentait renaître son irritation.

– Voyons, c'est ridicule! Nous n'allons pas converser de chaque côté du battant!

– Cela ne me dérange pas.

– C'est idiot, et inutile!

– Je suis en chemise de nuit. J'ai sommeil.

– Je vous comprends très bien, mais j'ai le droit d'entrer : je suis votre mari!

– Oh! je ne l'oublie pas! Il est presque 11 heures, ce n'est pas le moment de tenir une conversation.

– Je reconnais qu'il est tard, mais on m'a dit avant le dîner que vous dormiez. Or je quitte Broome demain, au lever du jour.

– Laissez-moi un message avec vos instructions. A moins que vous ne me demandiez de vous accompagner? Mais je ne pense pas être en état de voyager...

– Non, je ne vous le propose pas. Je voudrais que vous veniez me rejoindre à la fin de la semaine.

– Dès que je me sentirai mieux, je me mettrai en route. A bientôt!

La voix de Cara devint plus lointaine; la jeune femme regagnait son lit. Quelle audace de le laisser ainsi derrière une porte close!

– Bonsoir, milord... ajouta-t-elle.

Leur étrange conversation prenait fin; il était congédié.

Quand Mme Peel monta le petit déjeuner de Cara, le marquis était parti depuis plusieurs heures.

Une enveloppe à la suscription tracée d'une main ferme et volontaire était posée contre la cafetière d'argent. Cara reconnut aussitôt l'écriture du marquis et la gouvernante lui annonça :

– Un mot de Son Honneur, milady!

C'était vraiment caractéristique! Des jambages

hautains, une configuration tout en largeur, imposante, presque oppressante!

Cara prit le temps de manger ce qu'on lui proposait avant de déchirer l'enveloppe. Elle trouva excellents les œufs brouillés, le jus d'orange et la gelée de coings.

Lorsqu'elle eut tout dévoré – son appétit lui revenait et elle avait une faim de loup! – elle déplia enfin la feuille de papier.

Sans préliminaires, le marquis annonçait :

« Le roi George III est décédé hier. Son successeur requiert ma présence. Je pars donc pour ma résidence londonienne.

« Je vous propose de me rejoindre demain ou le jour suivant; je voudrais que vous soyez avec moi lorsque j'annoncerai notre mariage. En outre vous avez besoin de vêtements qui conviennent à votre nouvelle position dans le monde.

« Informez M. Curtis, mon intendant, de la date choisie par vous pour voyager. Il réglera tout pour le mieux et choisira une camériste qui fera le trajet avec vous. »

I.B.

Le marquis n'avait pas mis de signature ni aucune formule de politesse; il avait simplement tracé ses initiales au bas du feuillet.

Cara lut de nouveau sa lettre, dont elle pesa chaque mot. La mort du vieux roi lui causait un peu de peine; elle se disait qu'après avoir attendu si longtemps, son fils devait être anxieux d'agir pour le bien du pays, et en même temps heureux d'accéder enfin au pouvoir.

« A sa place, j'interdirais le mariage! » conclut-elle avec ironie, en songeant à ses propres malheurs.

Elle se rappela que le Régent avait épousé une femme abominable qui faisait de lui la risée de l'Europe. Certains amis de son oncle avaient rencontré la princesse Caroline à l'étranger. Ils ne tarissaient pas de commentaires injurieux.

– Si tu avais pu voir ça, Lionel! Ses dames d'honneur anglaises l'ont abandonnée; elle les a remplacées par des petites bonnes françaises. Elle se déplace avec une cour composée de postillons autrichiens et de valets arabes!

– Mon Dieu, elle est tombée si bas?

– Cela ne l'affecte pas le moins du monde! Son insolence dépasse toutes les bornes. Quand elle entre dans un pays, on la redoute autant qu'une invasion de sauterelles!

– Et le prince est au courant?

– Les gens se font un malin plaisir de tout lui rapporter. Sais-tu qu'elle est entrée dans Jérusalem montée sur un ânon?

Et c'étaient des éclats de rire. Cara se sentait humiliée pour le Régent et pour l'Angleterre. Elle comprit bientôt que son oncle détestait l'héritier du trône et son entourage.

Peut-être le marquis redoutait-il de sa femme un comportement similaire? Qu'espérer d'autre de la nièce de son ennemi?...

« Je le déteste! songea-t-elle. On me l'a imposé pour mari, mais si mes parents étaient encore là, ils me conseilleraient d'agir en lady. »

Son dos la faisait encore beaucoup souffrir; il ne serait pas raisonnable d'entreprendre le voyage pour la capitale avant d'avoir retrouvé des forces : une vie épuisante l'attendait à Londres, où elle devrait remplir toutes les fonctions d'une grande dame.

En outre, elle aurait à subir la colère et le ressentiment de son mari. Elle avait entendu maintes fois le comte déblatérer contre son rival et elle en avait déduit que le marquis était tout ce que son oncle n'était point : beau joueur, sportif, respectueux des lois et des personnes. Mais en même temps c'était un homme et Cara ne voulait se trouver liée à aucun homme!

Elle se félicitait de ce voyage à Londres, où elle pourrait consulter des légistes et savoir comment rompre ce malheureux mariage! D'une manière ou d'une autre elle retrouverait sa liberté, elle y était résolue!

Et pourtant ce ne serait pas une tâche facile.

Comme la journée progressait, Cara s'aperçut avec déplaisir qu'elle était constamment surveillée et entourée; son mari devait craindre qu'elle ne s'échappe de nouveau. Il avait deviné que le rang de marquise n'avait pas d'intérêt à ses yeux et qu'elle aurait préféré mille fois disparaître en France pour y être indépendante.

Elle avait accordé de l'intuition au marquis et ne sous-estimait pas son intelligence : il avait tout prévu; ses geôliers avaient des explications préparées à l'avance.

– Il vous manquera peut-être quelque chose, milady, au cours des prochains jours, aussi ai-je pris la liberté d'installer Abigaïl dans la pièce voisine de votre chambre : vous n'aurez qu'à l'appeler, elle viendra aussitôt.

– Merci.

Mais Cara ne fut pas dupe sur les véritables

motifs qui avaient motivé cette présence continuelle à ses côtés.

Le troisième jour elle décida de quitter le château et commanda une voiture pour une promenade dans les environs. Elle ne fut pas étonnée de trouver sur le perron non seulement Abigaïl, mais aussi M. Curtis.

Ce dernier prit place à côté de Cara sur le siège arrière, tandis que la caméristе s'installait sur la banquette opposée, la mine plutôt funèbre, avec son bonnet noir et son lourd manteau de drap noir également.

Mme Peel avait fait des prodiges pour arranger aux mesures de la jeune femme un charmant ensemble de velours bleu. La veste était bordée d'hermine, et un manchon de la même fourrure complétait cette toilette de bon goût.

– Qui a pu laisser au château de si jolis vêtements? lui avait demandé Cara.

– Ils appartenaient à la sœur cadette de Son Honneur. Elle vit maintenant aux Antilles et n'a pas besoin de ce genre d'habits. Elle serait ravie de vous prêter ses affaires. Je les garde enveloppées dans du papier de soie jusqu'à son retour.

Cara ignorait ce qu'était devenu son costume de collégien, mais elle n'osa pas interroger la gouvernante. Peut-être la digne femme le conservait-elle soigneusement pour un cas d'urgence?

Le bonnet fourni avec l'ensemble n'était pas à la dernière mode, mais assez seyant, et la couturière du château y avait ajouté des plumes d'autruche du même bleu que le velours. La jeune marquise de Broome se trouvait tout à fait présentable.

Elle ne fit pas d'autres promenades et décida de

partir pour Londres. En disant adieu à Mme Peel, elle ne put s'empêcher de la questionner :

– Comment avez-vous su mon mariage ? Son Honneur vous en a parlé ?

La femme de charge prit un air gêné.

– Votre Seigneurie doit comprendre que dans cette maison M. Newman et moi-même sommes au courant de tout.

Cara eut un sourire entendu. Elle se rappelait que chez son oncle, chaque parole émise dans la salle à manger se trouvait aussitôt répétée à l'office.

La cérémonie dans la chapelle n'avait pu passer inaperçue !

Cara ne se doutait pas qu'à Londres le marquis, très occupé avec le nouveau roi, était entré dans une rage folle en ouvrant la « Gazette » et en y lisant l'annonce de son mariage, communiquée par le comte de Matlock.

Broome n'avait eu que le temps d'émettre quelques jurons bien sentis avant de se précipiter au palais pour retrouver le souverain, ses frères, son gendre le prince Léopold et de nombreux courtisans réunis à l'occasion de la proclamation royale. Et là, le très vieux Maître de l'ordre de la Jarretière lut la formule traditionnelle de succession au trône, d'une voix faible et tremblante.

Le lendemain, George IV se trouvait alité avec une grave infection aux poumons; un bulletin officiel apprit à ses loyaux sujets qu'il était dans un état critique.

Le marquis courut à Carlton House : le roi ne pouvait plus dormir, son pouls battait la chamade, il souffrait de fortes douleurs dans la poitrine et respirait avec peine.

Le mercredi suivant on le jugea perdu. Chacun

marchait sur la pointe des pieds, parlait en chuchotant et prédisait une fin prochaine.

La princesse de Liéven s'accrochait au marquis :

– S'il meurt, les tragédies de Shakespeare pâliront devant un tel enchaînement de catastrophes! Un père et un fils enterrés ensemble, cela s'est déjà vu, mais deux rois! Je prie pour sa guérison!

– Moi de même! répondit Broome avec sincérité.

Il craignait par-dessus tout qu'à la mort du souverain la régence ne soit confiée à sa veuve...

Cette idée lui répugnait tellement qu'il ne put s'empêcher de sursauter en apprenant à son retour place Berkeley que Mme la marquise était arrivée. L'esprit encore tourmenté par ces pensées, il s'attendait presque à trouver en face de lui une grosse personne rougeaude.

Mais quand il entra dans le salon où l'on avait installé Cara, il lui fallut un moment pour la reconnaître. A son approche, la jeune femme se leva.

Comme elle lui parut petite!

Le soleil jouait dans ses cheveux; ses yeux verts étaient immenses, et ne montraient ni impudence ni agressivité.

Elle fit une révérence; le marquis s'inclina de façon courtoise et s'avança vers elle. Il la dominait de sa haute taille et découvrit avec surprise que ses regards trahissaient une peur intense.

La terreur d'un animal pris au piège!

5

D'innombrables femmes avaient regardé le marquis de différentes manières, avec provocation, jalousie, colère, désir ou amour sincère, mais jamais avec terreur!

Pour la première fois depuis son mariage, Broome ne pensa plus à ses propres émotions mais aux sentiments de Cara; il comprit que l'épreuve infligée par le comte à la jeune fille lui avait fait prendre en horreur tout le sexe opposé!

Aussi lui dédia-t-il de bonne grâce le sourire irrésistible qui faisait fondre ses partenaires.

– Vous sentez-vous en meilleure condition?

– Oui, je vous remercie. J'ai attendu de reprendre des forces avant de faire ce voyage. Maintenant ça va mieux.

– Vous m'en voyez ravi. Nous avons plusieurs problèmes à régler. Nous ferions mieux de nous asseoir.

Cara prit place avec précaution sur un canapé, le dos bien droit, comme si ses plaies la gênaient encore. Broome se carra dans un large fauteuil en face d'elle. Les rayons du soleil éclairaient le visage de la jeune femme qui pour lors exprimait l'inquiétude et la méfiance.

Le marquis avait pensé lui apprendre en premier lieu la maladie du roi et l'anxiété de ses proches, mais la curiosité le porta soudain à demander :

– Votre oncle avait-il l'habitude de vous battre?

Cara détourna les yeux et rougit.

– Chaque fois qu'il était de mauvaise humeur... ou quand je lui tenais tête.

– C'est intolérable!

– Il haïssait mon père, et ne supportait pas ma présence.

– Pourquoi cette haine?

– Mon père était l'aîné; mon oncle regrettait de n'être que le cadet : il voulait le titre et le majorat.

– Et il les a obtenus, finalement.

– Papa était si différent! Aimable, généreux, excellent cavalier... Tout le monde l'adorait!

La voix de Cara laissait paraître une telle détresse que le marquis en fut ému. Il se pencha vers elle :

– Nous nous comprendrons mieux si vous me parlez de votre famille. Comment votre oncle est-il devenu votre tuteur? Je suppose que votre mère est également décédée?

– Oui. Elle est morte l'année dernière.

– Et votre père?

– Voici cinq ans. Juste avant mon grand-père...

Elle laissa sa phrase en suspens, avec une inflexion étrange, et Broome la regarda d'un air surpris.

– N'y aurait-il pas quelque mystère autour de cette mort?

Cara lui adressa un regard compréhensif, comme

si elle le félicitait de montrer tant d'intuition, mais elle se tut.

Le marquis insista.

– Pour que notre mariage forcé ne nous pèse pas trop, nous devons être parfaitement honnêtes l'un envers l'autre. Je vous promets de l'être avec vous.

– Oh! je ne peux rien prouver! Toutefois je suis intimement persuadée que mon oncle... a tué papa!

Le marquis s'attendait à ces paroles, mais quand il les entendit dans leur crudité, cela lui causa un choc.

Peut-être Cara se laissait-elle emporter par la haine bien légitime qu'elle ressentait pour le comte?

D'un ton calme et raisonnable, il proposa :

– Si vous me racontiez comment cela s'est passé?

– Nous vivions avec mon grand-père dans une grande et vieille maison que les Matlock possèdent depuis deux cents ans. Grand-papa était heureux de nous avoir auprès de lui. Il aimait énormément mon père, et nous étions très heureux!

– Votre grand-père est tombé malade?

– Oui. Oncle Lionel venait rarement, toujours pour demander de l'argent. Mon père a jugé normal de le prévenir que l'issue pouvait être... fatale.

– Et il est venu?

– Je ne l'avais pas vu depuis plusieurs années. Mais j'ai vite compris qu'il était là pour réclamer le plus possible de l'héritage. Il détestait son frère à qui presque tout devait revenir, c'est-à-dire le majorat lié au titre de comte.

– Votre père lisait-il dans son jeu?

– Il avait toujours essayé d'aider son cadet. C'était lui qui lui donnait de l'argent pour rembourser ses dettes quand mon grand-père refusait tout net de payer. Nous n'étions pas très riches, mais mon père estimait que c'était son devoir.

– En cette occasion, votre oncle avait encore des dettes?

– Oui. Nous l'avons appris, ma mère et moi, quand il a vendu les œuvres d'art qui ne faisaient pas partie des biens inaliénables.

– Quand était-ce?

– Après la mort de mon père et de mon grand-père. Lorsqu'il a hérité de tout. Oh! ce n'était pas l'œuvre du destin! Oncle Lionel a constaté qu'il n'y avait plus d'espoir de guérison pour grand-papa. Il est allé se promener à cheval avec son frère. Et il est revenu seul! (Cara garda le silence un moment, puis reprit :) D'après lui, tous deux avaient rivalisé d'audace pour franchir les clôtures des prairies. Le cheval de mon père, Caraman, aurait stoppé net devant une barrière plus haute que les autres, et projeté son cavalier sur le sol...

– Vous n'y avez pas cru?

– Non, pas une seconde! Mon père était un sportif accompli et il connaissait chaque arpent de nos domaines! Il n'aurait jamais lancé Caraman sur un obstacle trop difficile!

– Vous n'avez pas d'autres preuves? demanda le marquis sans grand espoir.

– Tard dans la soirée, j'ai demandé à mon oncle ce qu'était devenu Caraman, un animal docile et qui n'avait jamais causé le moindre ennui. Et il m'a répondu qu'en tombant la pauvre bête s'était brisé la jambe : il avait mis fin à ses souffrances en lui tirant une balle dans la tête...

Cara ne s'étendit pas davantage sur ce sujet, mais le marquis devina ce qu'elle soupçonnait. Pour un homme aux abois et sans scrupules, n'était-il pas facile de tirer un coup de feu au moment où le frère qui seul faisait obstacle à la richesse et aux honneurs s'apprêtait à franchir une barrière élevée?

– Vous accusez le comte de Matlock d'un crime abominable!

– J'en ai parlé avec ma mère. Nous étions parvenues aux mêmes conclusions. Elle m'expliqua qu'une action en justice ne nous rendrait pas mon père, et nous attirerait des ennuis sans nombre. A cette époque, nous dépendions de mon oncle financièrement. Maman n'avait pas de dot, et par comble d'ironie les quelques économies de mes parents avaient servi à éponger les dettes d'oncle Lionel! Nous ne possédions pratiquement rien. Nous avons dû quitter le château pour nous installer dans une petite maison située en bordure du domaine.

Au ton de Cara, le marquis devina que les deux femmes étaient passées par des humiliations pénibles.

– Nous n'avons pu emporter que très peu de meubles, expliqua-t-elle, et il fallut prouver qu'ils nous appartenaient. Heureusement nous avions reçu chacune une jument de mon grand-père, et nous avons pu continuer à monter...

Elle lança un regard au marquis, comme pour vérifier s'il mesurait l'importance de ce détail.

– Et puis oncle Lionel a fermé le château. Il a renvoyé sans pension tous les vieux domestiques. Nous étions horrifiées de sa dureté! Cela s'est passé en 1815.

1815, l'année de la fin des hostilités contre Napoléon. Broome se trouvait alors avec Wellington sur le continent.

– Ce fut un moment très dur, reprit Cara. Les

soldats libérés rentraient en Angleterre et ne trouvaient pas de travail. Ma mère a vendu quelques bijoux et a engagé pour moi d'excellents professeurs, car elle tenait à me donner une éducation convenable. Nous vivions très frugalement, mais sans faire de dettes, je tiens à le dire!

Elle lança ces derniers mots avec un air de défi; elle refusait d'être plainte, surtout par le marquis! Puisqu'il voulait connaître son histoire, elle la lui racontait, sans rien omettre.

– Ma mère est tombée malade à son tour. Elle était très malheureuse depuis la disparition de papa et elle ne pensait plus qu'à le rejoindre...

Ces paroles mettaient en lumière la foi profonde de Cara; le marquis n'était pas habitué à entendre des femmes parler de la vie après la mort.

– Quelque temps après son enterrement, oncle Lionel est venu. Je ne l'avais pas revu depuis la fermeture du château. Quand il est entré dans notre maison, il a eu l'air surpris en me voyant.

– Il vous a trouvée jolie?

– Il m'a jugée utile, si vous préférez. Il a pensé qu'il pouvait tirer parti de moi, je l'ai tout de suite senti. Et j'ai eu peur.

– Il vous a proposé d'habiter chez lui?

– Il m'a ordonné de faire mes valises et de l'accompagner à Londres. Je n'avais pas le choix! C'était juste avant Noël. Pendant le voyage, il m'a recommandé : « Surtout, ne portez pas des vêtements de deuil! Je ne supporte ni les larmes ni les gémissements. Je vais vous trouver rapidement un bon mari. »

– Qu'avez-vous répondu?

– Que j'épouserais seulement l'homme que j'aimerais! Il n'a pas été content. Il m'a giflée, pour la première fois. Nous sommes arrivés place Grosvenor et quand j'ai répété que je ne cèderais pas, il m'a battue avec sa cravache.

Le marquis se pencha et d'un geste impulsif, il prit la main de Cara.

– N'y pensez plus, c'est terminé!

– Il m'a enlevé toutes mes affaires en disant qu'elles étaient bonnes à jeter au feu. A la place il a commandé des robes... que je n'osais pas mettre. J'ai tout de suite songé à m'enfuir. Mais comment faire? Je n'avais pas un penny.

Broome se renfonça dans son fauteuil. Il se souvint que Cara s'était vantée de posséder vingt livres et des bijoux.

– Nous étions au moment des fêtes de Noël, continua celle-ci. Des invités sont arrivés. Parmi eux, une dame très riche, une Italienne. Elle se disait princesse vénitienne, mais il n'en était rien! Ma femme de chambre m'a révélé qu'il s'agissait d'une chanteuse, ou pis encore, et que ses « protecteurs » lui avaient offert une incroyable collection de pierres précieuses.

Broome devina ce qui allait suivre.

– La princesse n'avait qu'une idée : se faire épouser par oncle Lionel. Ce n'était pas une méchante femme. Un peu trop voyante... Elle a constaté qu'on me tenait à l'écart et elle a insisté pour que je me joigne à leur compagnie.

– On n'aurait jamais dû vous laisser fréquenter des personnes de ce genre! intervint sèchement le marquis.

– Ma mère n'aurait sûrement pas approuvé les réceptions d'oncle Lionel! Elle aurait été choquée par la tenue des femmes, et le comportement des messieurs. (Elle fit une pause.) De sir Benjamin, en particulier!

Le marquis se souvint qu'il voulait enquêter sur sir Benjamin Forst, mais la mort de George III et la maladie du nouveau roi lui avaient fait oublier son projet.

– Votre oncle désirait que vous l'épousiez?

– Dès que je l'ai vu, j'ai éprouvé une sorte de nausée. Ce n'était pas qu'il fût laid, mais je ne supportais pas sa façon de me regarder, ni de me toucher : cela me donnait la chair de poule. Je me suis dit que j'avais un parti pris, mais Emily, la bonne qui s'occupait de moi, en savait long sur son compte!

– Elle le connaissait?

– Oui, de réputation. Il avait poussé au suicide une jeune fille de son village. Emily m'a expliqué qu'il allait dans les auberges où des jeunes filles de la campagne descendent, dans l'espoir de trouver du travail à Londres. Il leur proposait un emploi bien rémunéré. Vous imaginez la suite...

– Comment cette servante a-t-elle osé vous parler de choses pareilles? s'insurgea le marquis.

– Elle s'inquiétait pour moi. Elle connaissait les projets de mon oncle en ce qui me concernait. Par le cocher de sir Benjamin qui aimait bavarder chez nous, elle avait appris que si le mariage était conclu, mon oncle recevrait dix mille livres.

Broome comprit pourquoi cette même somme avait été exigée de lui. Comment un gentleman, un membre de l'aristocratie pouvait-il tomber aussi bas? Son mépris pour le comte de Matlock était amplement justifié!

– J'étais plus que jamais déterminée à m'enfuir, conclut Cara.

– Aussi avez-vous pris un peu d'argent à la princesse ?

– Je l'ai aidée à se mettre au lit après le réveillon de la Saint-Sylvestre. Elle avait beaucoup bu. Presque tous les hôtes de mon oncle étaient ivres, en particulier sir Benjamin. Pour lui échapper, je suis montée avec la princesse; elle a découvert en arrivant dans sa chambre que sa camériste était allée rejoindre les domestiques au sous-sol.

– « Les mauvais maîtres ont de mauvais serviteurs », cita le marquis.

– Je lui ai dégrafé sa robe et lui ai brossé les cheveux. Elle en a été si reconnaissante qu'elle m'a donné quelques billets. J'ai d'abord voulu les lui rendre, mais je me suis dit qu'ils me seraient très utiles. Et quand j'ai rangé ses parures dans leur écrin, j'ai vu quelques bijoux qu'elle ne portait jamais. J'ai pensé qu'elle ne remarquerait pas leur disparition : j'avoue à ma honte que je les ai volés...

– Nous devrons les restituer à leur propriétaire. Comment supporterais-je que mon épouse soit poursuivie pour cambriolage ? dit Broome sur un ton amusé.

Cara sourit :

– Oncle Lionel serait sans doute content de me voir pendue ! Je vous confierai ces objets et vous trouverez sans doute un moyen pour les renvoyer à la princesse... Oh ! Emily ! Elle les remettrait en place si je l'en priais !

– Nous verrons cela plus tard. Terminez votre histoire.

– J'ai donc emporté la broche et le collier dans ma chambre; je les ai cachés avec les billets en haut d'une armoire. Le lendemain, je craignis que l'amie de mon oncle ne me réclame son argent, qu'elle m'avait donné sous l'influence de l'alcool. Mais, au contraire, elle était d'excellente humeur. Un peu plus tard, elle se rendit dans une maison de jeu privée, du côté de Mayfair, où elle gagna une somme importante. Dans sa joie, elle m'offrit quelques guinées...

– Qui étaient les bienvenues!

– Oui. Je pouvais enfin me sauver. Le temps pressait. Mon oncle avait fixé la date du mariage et je devais passer chez la couturière pour choisir ma robe de noces. Pour vaincre ma résistance, il avait eu plusieurs fois recours au fouet...

– Il me semble qu'en effet vous n'aviez d'autre ressource que la fuite.

Cara sourit :

– En viendriez-vous à m'approuver, milord?

Le marquis éclata de rire.

– Je ne suis pas un ogre! Mais continuez.

– J'avais découvert dans le grenier un costume de collégien qui avait sans doute appartenu à mon père dans sa jeunesse. Il était plié dans une malle avec des quantités d'habits, dont certains étaient très anciens!

– Les greniers sont remplis de trésors. Ma mère a un jour trouvé dans celui de Broome une robe incrustée de diamants véritables qui dormait là depuis cent ans!

– Oh! j'aimerais le visiter, si je retourne là-bas!

Le marquis nota qu'elle avait dit « si » et non pas « quand ».

Cara s'aperçut elle aussi de son lapsus. Elle ajouta vivement :

– Je désire m'entretenir avec vous au sujet de notre mariage.

– Oui, certainement. Toutefois je tiens à vous dire, avant d'aborder ce sujet, que je suis heureux de connaître votre histoire, et les raisons de votre fuite, très valables à mon avis.

– Il est regrettable pour vous que j'aie choisi de me cacher dans votre voiture. Pour ma part, puisque j'avais été vue, le résultat aurait été le même...

Le marquis songea qu'au contraire elle aurait pu tomber sur un homme moins riche, un ami du comte de Matlock, ou sur un homme déjà marié. Son oncle aurait été incapable alors d'exercer un chantage et surtout d'assouvir sa vengeance.

Broome préféra ne pas s'attarder sur des regrets inutiles et déclara :

– Ce qui est fait est fait. J'espère que nous serons tous les deux assez raisonnables pour nous accommoder d'une situation qui ne nous plaît guère.

– Voulez-vous rompre notre mariage? demanda Cara, pleine d'espoir. Vous y avez été contraint : c'est une clause d'annulation.

– Cette cérémonie devant un pasteur et avec une licence en règle était vraiment légale.

En disant ces mots qui lui pesaient, le marquis ne se rendait pas compte combien sa voix était devenue dure et sèche. Cara baissa les yeux.

– Puis-je vous proposer une solution? dit-elle en devenant très pâle.

– Laquelle?

– Vous ne songiez pas à vous marier, moi non plus. Je peux vous quitter pour vivre à la campagne, ou à l'étranger. Au bout de quelques années, vous annonceriez ma mort et vous seriez libre...

– Impossible! Nous devons tenir compte de votre oncle. Si vous disparaissiez, il m'accuserait de vous avoir assassinée! Il causerait un tel scandale que je préfère ne pas y penser!

Cara semblait stupéfaite.

– Vous le croyez capable de cela?

– Oh! je le maintiens! Ou alors il me ferait acheter son silence. Vous me dites qu'il est toujours à court d'argent.

– Comme je le déteste!... Pourquoi le Ciel lui permet-il de triompher ainsi? Il a tué mon père, dérobé ce qui ne lui appartenait pas... et il a peut-être d'autres meurtres sur la conscience, qui sait?

– Les suppositions ne servent à rien. Il faut des preuves.

– Alors, que décidons-nous?

– La réponse me semble claire : vous êtes ma femme et vous agissez en marquise de Broome. Est-ce très difficile?

– Oui. Pourquoi vivrais-je avec une personne qui me déteste car je suis la nièce de son ennemi?

– N'insistez pas! répliqua sèchement le marquis. Je suis un homme équitable : votre oncle m'inspire du mépris, certes, mais vos parents me semblent avoir été des gens très estimables. C'est cela qui compte pour moi.

Et pour souligner ses paroles, il tendit la main à Cara. Mais celle-ci ne s'en aperçut pas, ses yeux se remplissaient de larmes et elle se leva du canapé sans prendre garde aux plaies de son dos et vint s'accouder à la fenêtre.

Au-dehors s'étendait une cour pavée avec au centre une statue dominant un bassin. On était en hiver, et le bassin avait été vidé de son eau, de ses poissons rouges et de ses nénuphars. On ne voyait aucune fleur dans le parterre situé au fond de la cour, et la seule note de couleur était donnée par les bordures de buis aux pousses vert clair.

La jeune femme ne regardait pas ce tableau plutôt sévère, mais songeait à l'existence qui l'attendait auprès du marquis. Evidemment elle ne serait pas battue ni giflée, mais elle devrait supporter l'indifférence de son mari, si ce n'est sa rancune ou son agacement...

« Il faudra bien que je m'en aille, un jour ou l'autre », pensa-t-elle.

– Cara! dit le marquis. Nous n'avons pas choisi notre ligne de conduite. Revenez près de moi. A quoi songez-vous, dans votre petit coin?

– Je ne possède pas grand-chose, lança-t-elle avec rancœur. Laissez-moi au moins mes pensées!

– Je les devine aisément : vous projetez de me quitter. Je vous avertis que je ne vous le permettrai pas!

Cara pivota brusquement et le défia du regard.

– Quelle sottise, milord, de me garder auprès de vous. Ma présence vous deviendra très vite intolérable! Chaque fois que vous poserez les yeux sur moi, vous vous souviendrez de cette abominable matinée, à Broome! Vous tenterez de l'oublier, mais ma seule présence vous empêchera d'y parvenir. Votre existence sera un enfer!

Encore plus surpris par son accent désespéré que par ses paroles, le marquis se leva et vint la rejoindre devant la fenêtre. Il ne dit pas un mot, mais resta un long moment à scruter les traits de Cara, et ses yeux, aussi mystérieux que ceux d'une Orientale.

– Vous m'étonnez, murmura-t-il enfin. Je n'ai jamais rencontré de femme comme vous. Toutefois je ne m'avoue pas vaincu : je saurai ce qu'il y a derrière ce front têtu. Pourquoi tant de secrets? Si vous avez des problèmes, confiez-les-moi, et nous serons deux pour les résoudre.

– Oh! je vois... Vous désirez me prendre par la douceur! Pour me manœuvrer sans que je m'en aperçoive!

Le marquis se mit à rire.

– Cela ne vaut-il pas mieux que de se battre du matin au soir? Quand nous avons fait la paix avec la France, je croyais en avoir fini avec les combats!

– Je ne suis pas votre ennemie!

– Je l'espère, Cara. Je suis disposé à affronter n'importe quel adversaire hors de chez moi, mais pas dans ma maison! Essayons de nous entendre.

– Maintenant, vous me tendez le rameau d'olivier. Vous aurez utilisé tous les moyens à votre disposition pour me faire céder : celui-ci me semble encore plus dangereux que les menaces ou les compliments!

Broome rit de nouveau.

– Vous avez une façon de vous exprimer... Tant que vous m'amuserez ainsi, comment pourrais-je vous détester?

Cara ne répondit pas et se détourna pour étudier le jardin avec plus d'application encore.

– Je n'ai guère de temps à vous consacrer pour le moment, reprit le marquis. Je suis très tenu avec la maladie de Sa Majesté qui me réclame à tout instant. Puis-je vous demander la faveur d'une trêve?

– Courte, dans ce cas.

– Merci. Et durant laquelle vous achèterez votre trousseau?

Comment refuser une proposition pareille? Quelle femme repousserait une offre aussi généreuse? Les belles amies de Broome auraient sauté sur l'occasion.

Cara secouait la tête.

– Non!

– Je veux qu'on admire mon épouse, insista le marquis. J'aimerais d'ailleurs, qu'on nous croie très attirés l'un par l'autre, et non pas obligés de vivre ensemble à la suite d'un chantage!

– Croyez-vous que mon oncle ne racontera pas ce qui s'est passé?

– Cela m'étonnerait fort. Il a maintenant un neveu influent, qui peut lui rendre de nombreux services. Pourquoi ruiner cette influence? Pourquoi me traîner dans la boue?

La jeune femme frissonna.

– Il est foncièrement mauvais. Prenez garde!

– Je vous promets une chose, Cara : s'il lève la main sur vous, je le tue!

Le marquis s'était exprimé sans élever le ton, avec une froideur et une résolution impressionnantes. Cara se retourna vivement et se trouva face à face avec lui.

– Le feriez-vous?

– Oui. Je le jure. Je ne tolère pas la cruauté. J'ai interdit les combats de coqs sur mes domaines et je ne porte jamais d'éperons. Ce n'est pas une promesse en l'air : à son premier geste de menace, c'est un homme mort.

Cara le regarda avec d'immenses yeux stupéfaits et du rose monta à ses joues.

– Depuis la mort de ma mère, je n'ai plus été protégée ni défendue...

– Je vous garantis que vous êtes ici en sécurité. Aussi longtemps que vous resterez près de moi.

– Merci...

– Comprenez! J'ai une revanche à prendre sur votre oncle. S'il me voit heureux de cette situation qui est son œuvre, et si je peux convaincre mon entourage que notre union est un mariage d'amour, il se sentira frustré d'une partie de sa vengeance!

– Oui. Je comprends votre pensée. Vous êtes vraiment très fort!

– N'aimeriez-vous pas damer le pion à votre bourreau? Mais il faudra agir avec prudence et se rappeler que l'adversaire est redoutable!

Cara inclina la tête en signe d'assentiment.

– Et en premier lieu, recommanda le marquis, faites-vous très belle. Mes parents et amis s'attendent à ce que je leur présente une épouse sensationnelle. Et quand nous serons en public, ayez l'air de vous plaire en ma compagnie.

– Nous jouerons la comédie pour confondre oncle Lionel!

– Exactement. Quand je serai à Carlton House, vous courrez les magasins. Commandez-vous des toilettes qui fassent pâlir d'envie toutes les Londoniennes!

Cara ne semblait pas emportée par le même enthousiasme; elle restait silencieuse.

– Quelque chose vous ennuie!

– Vous me jugerez peut-être tout à fait sotte... Nous étions si pauvres, maman et moi, que nous étions obligées de coudre nos vêtements nous-mêmes. Aurai-je assez de discernement pour choisir ce qui convient à la marquise de Broome?

Son mari lui adressa un sourire amical.

– Je vous comprends très bien et je vous propose une manière fort simple de vous tirer d'affaire : faisons venir ici les couturières et composons ensemble votre garde-robe!

En disant cela, des souvenirs lui revinrent en foule; combien de parures n'avait-il pas commandées pour les femmes de petite vertu qu'il logeait dans son nid d'amour de Mayfair? Combien de fois n'avait-il pas conseillé certaines dames du grand monde qui ne dédaignaient point d'avoir recours à sa bourse? Elles réclamaient des fourrures l'hiver, des parasols de dentelle l'été, et des bijoux en toute saison!

« Cela va me changer, songea le marquis avec une grimace ironique. Après tout, je n'ai encore jamais acheté de trousseau complet pour une épouse! »

Et avec son physique si original, Cara était tout à fait capable de le mettre en valeur!

6

– Oh! milady, que c'est beau!...

Emily semblait frappée d'une crainte admirative devant les dernières toilettes livrées dans la journée et que Cara sortait de sa penderie. Elle-même avait fort envie de faire écho à sa petite bonne et de s'exclamer :

– Oui, c'est ravissant!

Pour être vraiment honnête, elle devait reconnaître que, toute seule, elle n'aurait pas su choisir de telles couleurs et de tels modèles, pas plus d'ailleurs les tissus et les garnitures. Elle ne possédait pas l'expérience et le goût très sûr du marquis.

Elle saisit un portemanteau où pendait une robe vert pâle qu'elle drapa sur ses hanches.

– Que penses-tu de celle-ci? demanda-t-elle en souriant.

– Avec cette robe, vous avez l'air fraîche comme le printemps, milady, et sans mentir!

Cara était curieuse de savoir ce qui se passait place Grosvenor depuis son départ, aussi ne fit-elle pas attendre son ancienne camériste lorsqu'on lui apprit qu'Emily désirait la rencontrer.

– Je me faisais du mauvais sang pour vous,

milady! Je me demandais ce que vous aviez bien pu devenir. M. le comte était comme fou contre vous! Et puis Tom a raconté qu'il vous avait vue monter dans une voiture devant chez notre prince.

– Ah! C'est Tom qui m'a espionnée!

Ce laveur de vaisselle avait un air sournois et n'était guère aimé du personnel car il avait l'habitude de cafarder auprès de son maître.

– Oui, c'est tout à fait son genre! appuya Emily. On ne peut rien attendre de bon de la mauvaise graine, comme qui dirait! Quand il a un moment de libre, il va rôder autour des beaux messieurs : il leur demande s'ils ont une lettre à porter, pour un penny. C'est comme ça qu'il vous a repérée.

Cara était soulagée de connaître le nom de son délateur, elle aurait été navrée si on lui avait appris qu'il s'agissait d'une personne qui avait sa confiance. Quel dommage d'avoir attiré l'attention du misérable Tom, alors qu'elle espérait échapper pour toujours à l'influence de son oncle!

Pour l'instant elle ne songeait plus qu'épisodiquement à fuir le marquis. La plus grande partie de son temps et de ses préoccupations était réservée à l'intéressante acquisition d'un trousseau complet.

L'hôtel particulier de la place Berkeley avait vu un défilé incessant de modistes, couturières, bottiers, gantières, marchandes de dentelles et de colifichets, et dont la seule ambition était de contenter le moindre de ses désirs.

Puis les amis du marquis vinrent en foule présenter leurs hommages à la jeune épousée. Cara n'était jamais seule avec son mari, sauf quand les essayeuses l'avaient revêtue d'une nouvelle parure et qu'elle allait demander son avis à Broome, toujours très occupé dans son bureau. Il avait des lettres à écrire, des interventions à la Chambre des lords à rédiger, des mémoires et des comptes rendus à mettre au net.

Cara s'était vite aperçue du rôle important qu'il jouait au gouvernement. Le roi le réclamait à tout moment.

Sa Majesté avait mis longtemps à se remettre de son inflammation des poumons. Les médecins lui avaient interdit de se rendre aux funérailles de son père George III; le souverain s'était incliné, mais il avait hâte de prendre en main les affaires du royaume, et son ami le marquis de Broome était pour lui une source inépuisable de renseignements.

Maintenant qu'il ne souffrait plus physiquement, le roi s'affligeait à l'extrême au sujet de sa femme. Il en parlait souvent, il s'épanchait en présence de son ami, et lui expliquait de long en large comment il allait s'y prendre pour divorcer.

Toute cette histoire paraissait tellement sordide à Broome qu'en revenant chez lui, place Berkeley, il se réjouissait d'y trouver une épouse bien différente! Cara n'avait rien de vulgaire ni de scandaleux. Elle montrait beaucoup d'intelligence et de sensibilité, ainsi qu'un esprit de repartie qui faisait la joie d'Henry Hansketh.

– Ah! Ivo, confiait-il parfois au marquis, on ne s'ennuie pas une seconde avec elle! Ce n'était pas le cas, souviens-t'en, avec tes anciennes belles de nuit!

– Je n'apprécie guère tes comparaisons!

– Elle a un caractère curieux de tout. Elle s'intéresse à des quantités de choses. On rencontre rarement des femmes de cet acabit, surtout si jeunes.

Broome reconnaissait, mais à contrecœur, qu'il possédait une compagne exceptionnelle. Il n'arrivait pas néanmoins à oublier la manière dont Matlock l'avait contraint au mariage et considérait Cara comme une entrave et un boulet à traîner sa vie durant.

Toutefois il devait admettre qu'à l'occasion des petits dîners entre amis, elle tenait fort bien sa part dans la conversation, et surtout savait écouter admirablement.

Pour la jeune femme, ces réceptions sans protocole étaient une nouveauté. A vivre en compagnie de messieurs aimables et distrayants, elle perdait progressivement sa crainte du sexe opposé.

La cour observait le deuil du défunt roi et aucune soirée n'était donnée pour l'instant dans la capitale. Cara n'avait pas fait « ses débuts ». Le marquis attendait de présenter son épouse à George IV avant de la lancer dans le tourbillon mondain.

Elle avait ainsi le temps de s'habituer à l'atmosphère des salons, aux conversations et au comportement qu'on attendait d'elle. Mais la reprise prochaine de la vie de société lui causait une vive appréhension.

« Pourvu qu'il n'ait pas honte de moi... se disait-elle souvent. Je ne suis absolument pas le genre de femme qu'il aurait choisie, s'il avait été libre de le faire. »

Et contrairement à toutes les élégantes londoniennes, elle ne comptait pas les jours qui la séparaient de la levée du deuil.

Elle avait fait connaissance avec la domesticité de la place Berkeley. Tout comme Mme Peel, à Broome, qui parlait du marquis comme d'un dieu, la gouvernante et les caméristes de l'hôtel particulier ne tarissaient pas d'éloges sur leur maître.

La plupart d'entre elles étaient en place depuis l'enfance du marquis; ses exploits au collège d'Oxford puis à l'armée revenaient à chaque instant dans leurs propos.

Comme elles croyaient leur jeune maîtresse amoureuse de son mari, elles recherchaient dans leur armoire des reliques de ce temps-là et fouillaient leur mémoire pour retrouver maintes anecdoctes qui le montraient sous les couleurs les plus flatteuses.

Devant une telle adoration, Cara ne pouvait rester froide et indifférente : ces pauvres femmes en auraient été peinées. Aussi commença-t-elle à regarder le marquis sous un éclairage nouveau.

Elle recevait aussi les confidences de M. Curtis, le secrétaire. Il lui apprit l'importance réelle de son mari dans le monde de la politique.

– Les membres du cabinet ministériel sont constamment à le consulter! Sur toutes sortes de sujets!

– Viennent-ils le voir ici, dans son bureau? demanda Cara qui avait fort envie de connaître le célèbre lord Castlereagh, ministre des Affaires étrangères.

– Quelquefois, milady, mais la plupart du temps ces rencontres ont lieu chez lord Harroby, place Grosvenor.

– Oh! Je connais sa maison! Il habite au 43, tandis que mon oncle est au 45.

– Ceci me rappelle un événement auquel j'ai assisté, le 21 juin 1815. Nous nous trouvions chez lord Harroby, quand l'aide de camp de Wellington arriva, couvert de poussière; il apportait la nouvelle de la victoire de Waterloo.

– Si j'avais pu être là! soupira son interlocutrice.

– En général, les dames ne sont pas invitées.

– Oui, seuls les messieurs peuvent s'amuser.

Cara était désolée d'avoir manqué une telle réunion, alors qu'elle habitait à deux pas. Elle avait de nombreuses questions à poser à Emily sur ce sujet.

– Y a-t-il toujours beaucoup de monde chez lord Harroby? demanda-t-elle en rangeant la robe verte.

– Je peux me renseigner, milady.

– Comment t'y prendras-tu?

La jeune bonne devint très rouge.

– Ce n'est pas difficile... Je fréquente un valet de pied du 43... Il est de service à la porte d'entrée et il voit ceux qui entrent ou sortent. Il profite des occasions où il n'y a pas trop de monde pour me faire un brin de causette.

Cara, pour ne pas embarrasser sa visiteuse, détourna la conversation.

– Tu n'as pas trop de travail chez mon oncle? Qui sers-tu à présent?

– J'aide à la lingerie, milady. Monsieur le comte ne reçoit guère; nous n'avons plus de belles dames en résidence : rien qu'un vilain bonhomme qui ne me plaît point!

– Je le connais?

– Un certain M. Thistlewood. Tom raconte qu'il a fait de la prison.

– Oh! cela m'étonne, Emily! Mon oncle ne recevrait pas un malfaiteur dans sa maison!

– Je vous jure que c'est un drôle de particulier!

Toujours d'après Tom, c'est lord Sidmouth qui l'aurait fait mettre à l'ombre. Pour une histoire d'injures à magistrat...

Le nom de lord Sidmouth n'était pas inconnu à Cara, M. Curtis lui avait appris que ce lord avait été nommé ministre de l'Intérieur.

– Tom parle peut-être à tort et à travers, continua Emily, mais je crois quand même qu'il y a du vrai dans ce qu'il dit. Albert, le valet de chambre de M. le comte, ne peut pas sentir ce Thistlewood. Il raconte qu'il est tout le temps fourré avec notre maître, à comploter des horreurs...

Emily baissa la voix, comme effrayée par ses propres paroles.

– Voyons, tu ne le penses pas vraiment!

– Si milady. Et je ne serais pas étonnée s'il y avait du crime là-dessous.

Cara frissonna. N'accusait-elle pas elle-même son oncle de meurtre? Et quand on a tué une fois, pourquoi ne pas recommencer?

– Albert exagère! s'écria-t-elle. Quand tu reviendras me voir, nous reparlerons de cette affaire et je suis certaine que nous rirons de tes craintes!

– Pas si sûr, milady! J'ai l'oreille fine. Autant qu'Albert. Vous saurez ce qu'il en est!

Après le départ d'Emily, Cara se rappela leur entretien; dans l'immédiat, grâce au chèque extorqué à son nouveau neveu, le comte n'avait pas besoin d'argent... Albert avait dû se tromper. Cependant les domestiques étaient généralement informés de manière étonnamment juste!

A force d'entendre parler de politique par les amis du marquis, Cara finit par s'y intéresser. La situation devenait franchement mauvaise dans le Royaume-Uni. Les troubles prenaient de l'ampleur. On commençait à craindre une révolution.

Lord Hansketh et ses compagnons parlaient librement devant Cara. Ils oubliaient parfois sa présence et dévoilaient devant elle certaines questions strictement confidentielles : ils évoquaient en particulier les dessous des attentats qui allaient se multipliant.

« Je dois éclaircir cette histoire de complot, résolut Cara. Ce Thistlewood est probablement du genre à causer des catastrophes... »

Certain soir, le marquis rentra tard du palais de Buckingham où le roi l'avait retenu longuement pour se plaindre des caricaturistes. La reine Caroline avait su s'attacher un certain nombre de dessinateurs et de pamphlétaires qui s'en donnaient à cœur joie et dépeignaient le monarque sous les traits d'un bouffon dépravé qui ne se souciait nullement de ses sujets.

– Que faire? se lamentait George IV. Nous devons trouver une solution!

Le marquis n'en voyait aucune; chaque journée apportait son contingent de libelles injurieux et de dessins grossiers.

– Ils encouragent la reine à se conduire encore plus mal qu'avant! se plaignait le souverain.

Broome compatissait et proposait d'instaurer des lois libérales et généreuses pour réconcilier le peuple avec son roi.

Ainsi c'était pour lui un grand soulagement, après tant d'heures passées au palais, que de revenir place Berkeley et d'y trouver Cara qui l'attendait au salon. Elle portait l'une ou l'autre de ses nouvelles toilettes. Ses cheveux maintenant plus abondants lui permettaient d'essayer les coiffures à la mode. Elle semblait à la fois très jeune et très raffinée.

Le marquis avait choisi pour elle des robes dans tous les tons de vert à cause de la couleur de ses yeux, mais il préférait surtout le vert Nil qui mettait en valeur sa peau claire et le blond de sa chevelure.

Pour les tissus il avait préféré des textures fines et légères aux velours et aux taffetas. Malgré l'hiver il régnait une chaleur agréable dans sa demeure chauffée par de nombreux poêles, et Cara évoluait entre les immenses bouquets de fleurs avec la grâce d'un elfe dans une forêt. Aucune autre femme à sa connaissance ne lui avait donné cette impression, et à son cœur défendant, il la trouvait finalement fort séduisante.

Cara bondit sur ses pieds en le voyant entrer.

– Je m'inquiétais! Je me demandais si vous n'aviez pas eu un accident.

– Sa Majesté m'a retardé. Cela devient si fréquent que je ne sais plus comment m'excuser.

– Ne prenez pas cette peine! La personne qui pourrait en être gênée, c'est le chef cuisinier, mais il a prévu un repas qui peut se réchauffer!

– Je me change en cinq minutes! lança le marquis en gagnant le hall.

Quand il revint au salon, il y trouva son ami Henry, fort élégant dans sa tenue de soirée; il avait pris place sur le même sofa que Cara et tous deux parlaient à voix basse, d'une manière que Broome jugea trop intime.

Il eut soudain l'impression que son ami, toujours très admiratif à l'endroit de son épouse, en était tombé amoureux.

Avec un haussement d'épaules, il rejeta cette idée

comme complètement folle, mais elle revint le hanter plusieurs fois au cours du dîner.

– Quand vous nous avez rejoints, lui dit Cara en se servant de dessert, je demandais à Henry s'il avait entendu parler d'un certain Thistlewood.

– Cara le soupçonne d'avoir tâté de la prison! lança lord Hansketh en riant.

– C'est fort possible, répliqua le marquis d'un ton froid. Je connais le personnage et je ne vois pas pourquoi ma femme s'y intéresse!

Ses deux compagnons restèrent muets, décontenancés par ses manières cassantes, et ils échangèrent des regards surpris.

Broome continua :

– Il est issu d'une excellente famille mais il a dilapidé son héritage : il a été incarcéré pour dettes. Puis pour agitation politique. Ce garçon-là ne vaut pas cher!

– N'a-t-il pas été poursuivi en justice par lord Sidmouth? s'enquit Cara.

– Vous avez sans doute appris cela par les journaux. Sidmouth a bien fait d'expédier ce meneur sous les verrous.

– Il est libre, actuellement, insista la jeune femme.

– Oh! s'il s'obstine à ennuyer les gens, il goûtera à nouveau du cachot!

– Il peut causer beaucoup d'ennuis entre-temps, intervint Henry.

– Cela m'étonnerait, conclut sèchement le marquis avant de changer de sujet.

Quand Cara monta se coucher, ses pensées revinrent sur ce qui avait été dit à propos de Thistlewood; elle aurait dû prévenir son mari que cet homme dangereux s'était acoquiné avec son oncle...

Des événements inquiétants se préparaient dans le pays. Les amis du marquis parlaient de plus en plus d'une révolution qui éclaterait lorsque les mutins auraient trouvé un chef. Ce Thistlewood n'était-il pas justement du genre à organiser une rébellion, à lui donner un sens et un but ?

« Je veux en savoir davantage... Emily m'aidera ! »

Un peu plus tôt dans la soirée, en prenant congé, lord Hansketh avait demandé au marquis :

– Feras-tu un tour demain matin dans Hyde Park, Ivo ?

– Bien sûr !

– Je te retrouverai là-bas, dans ce cas. J'ai acheté hier un cheval à propos duquel j'aimerais avoir ton avis, avant de l'envoyer à la campagne.

– Très volontiers. A propos de campagne, j'ai l'intention de séjourner à Broome avec Cara, si Sa Majesté m'en laisse le loisir. Viendrais-tu avec nous ?

– Je ne refuse jamais tes invitations ! Ni les occasions d'essayer tes chevaux !

– Surtout un certain étalon ! Allez, avoue : tu meurs d'envie de monter Agamemnon !

– Certes, après tout le bien que tu m'en as dit !

Cara les écoutait en souriant.

Elle savait maintenant combien les chevaux avaient de l'importance pour son mari; quand il en parlait, sa voix prenait des inflexions très différentes : on y devinait une sorte de passion.

« Il aurait dû se marier avec une jument ! » avait-elle pensé avec ironie.

Toutefois elle ressentait un curieux petit pincement au cœur à se dire qu'il n'aimerait jamais une femme autant qu'Agamemnon.

Le marquis ne supportait pas de vivre longtemps à Londres, et son seul dérivatif était sa promenade quotidienne dans Hyde Park. Il s'y rendait tôt, pour avoir les allées à lui tout seul.

« Quand mon amazone sera prête, je lui demanderai de l'accompagner... »

Mais Cara sentait confusément qu'il n'appréciait pas sa compagnie et qu'il préférait leur arrangement actuel, en vertu duquel elle sortait en landau découvert au début de l'après-midi.

« Sans doute me croit-il mauvaise cavalière? Quand nous serons à Broome, je lui prouverai qu'il n'en est rien! »

Elle devait convenir qu'une grande distance la séparait de son mari, une sorte de désert moral où ni l'un ni l'autre ne voulait s'aventurer. Leur mariage avait si mal commencé! Et aucun d'eux ne se décidait à faire le premier pas.

Et à cause de ce fossé entre eux, Cara hésitait à quémander pour elle quelques menues faveurs; elle songeait de nouveau à quitter le marquis.

Quand Emily revint la voir, elle lui demanda :

– Pourrais-tu me trouver dans le grenier de la place Grosvenor un second costume d'étudiant à ma taille?

– Qu'avez-vous fait du premier, milady?

– La gouvernante, à Broome, l'a regardé avec horreur et l'a emporté, certainement pour le brûler!

La jeune bonne éclata de rire.

– Comme je vous ai admirée de partir comme ça, toute seule! Je vous ai trouvée bien courageuse. Mais vous aviez raison, avec M. le comte qui vous battait comme un chien, et sir Benjamin qui voulait vous épouser!

– Je te serai reconnaissante ma vie entière de m'avoir révélé ce que tu savais de lui! Sans cela, je me serais peut-être résignée à ce mariage... Tu vois, je pourrais être sa femme maintenant.

Cara frissonna en y pensant. Elle devait reconnaître qu'au moins le marquis ne la maltraitait pas.

Tous les soirs, de façon presque inconsciente, elle poussait le verrou de la porte qui reliait leurs deux chambres, mais elle laissait libre la porte donnant sur le corridor. Et à part le premier soir, son mari n'avait jamais tenté de la rejoindre.

Elle avait eu très peur en l'entendant frapper au battant, la nuit de leur mariage. Le marquis, obligé à cette union par un chantage odieux, avait-il eu l'idée de réclamer ses droits d'époux. Malgré sa terreur, elle avait eu la force de lui tenir tête : elle avait refusé de lui ouvrir.

Or en y réfléchissant, Cara comprit qu'il n'était pas venu pour abuser d'elle, mais simplement pour lui faire promettre de se comporter devant les autres en épouse exemplaire.

La preuve était faite à présent qu'elle n'intéressait pas le marquis en tant que femme; depuis des jours et des semaines, il la traitait avec une courtoisie distante, et elle avait relâché graduellement cette vigilance qu'elle observait chez son oncle envers tous les visiteurs.

Sa peur diminuait; son cœur ne faisait plus des bonds dans sa poitrine quand le marquis ou un de ses amis entrait au salon. Elle ne restait plus sur la défensive comme si un animal féroce pouvait lui sauter dessus à chaque instant.

De même que les cicatrices de ses plaies commençaient à s'estomper, jusqu'à devenir peu visibles, ses craintes s'effaçaient pour laisser place à une certaine confiance et même à des sentiments d'amitié, pour lord Hansketh en particulier.

Elle songeait à lui lorsqu'elle entendit le lendemain matin, vers 7 heures, le marquis sortir de sa chambre pour sa promenade rituelle dans Hyde Park.

Son mari serait-il vraiment fâché si elle lui proposait de l'accompagner? Peut-être n'attendait-il que son bon vouloir? Elle se promit de lui poser la question pendant le petit déjeuner.

Soudain une pensée traversa son esprit : sans doute le marquis profitait-il de sa solitude matinale pour rencontrer dans les allées désertes quelque belle dont il regrettait la compagnie, maintenant qu'il était marié...

Le personnel féminin de la place Berkeley n'avait pas manqué de lui raconter combien il avait de succès avec les dames du grand monde.

– J'ai bien cru un moment que milord épouserait la fille du duc de Newcastle, lui avait confié la gouvernante. La plus jolie personne qu'on puisse rêver! Qu'elle aurait bien porté la parure de diamants qui appartient à la famille depuis près de cent ans!

– Non, non, je n'ai jamais pensé que c'était sérieux, avait lancé Abigaïl.

– Et pourquoi donc, je vous prie? Quelle candidate avait plus de chances, d'après vous?

– Il y en avait tant et tant, pour devenir Madame la Marquise... et la mieux de toutes c'était lady Alice Wynter. Rappelez-vous comme elle était folle de notre maître!

– Lady Alice! Oui, je m'en souviens. La pauvre!

Son mari avait été tué en Espagne, par les troupes de Napoléon.

– Elle l'a oublié aussitôt quand elle a rencontré Son Honneur!

Abigaïl n'avait pas osé rire franchement devant Cara; elle s'était empressée de remonter aux années où milord était petit garçon, estimant le terrain plus sûr.

« Evidemment, réfléchissait Cara, quand on a son physique, on attire les femmes. Il ne voulait pas se marier, pour rester indépendant et choisir des passades au gré de sa fantaisie... »

Si elle disparaissait, le marquis serait de nouveau libre.

En fin de compte, ses pensées revenaient toujours à leur point de départ : d'une manière ou d'une autre, elle devait s'enfuir pour une destination secrète, pour un refuge où personne ne saurait la retrouver.

Mais comment s'y prendrait-elle?

– Ah! vous voilà, milady! J'ai votre costume; il vous ira tout comme l'autre!

Emily avait attendu patiemment le retour de Cara qui se promenait dans Hyde Park après le déjeuner. Elle ouvrit un paquet grossier d'où elle sortit un pantalon et une veste à boutons d'argent qui vraisemblablement avaient appartenu au père de Cara.

– Il me semble que les jambes sont plus longues, objecta celle-ci.

– Vous pouvez les retrousser, milady. Ou je vous ferai un ourlet.

– Ne te tracasse pas pour cela. Je vais cacher ce

costume dans ma penderie et je l'arrangerai au dernier moment.

– Je n'arrive pas à y croire, milady! Vous voulez vraiment partir d'ici? Avec Son Honneur qui est un homme si bien! Pas plus tard qu'hier j'ai entendu notre maître d'hôtel qui lisait son nom dans les journaux : il paraît que Sa Majesté ne peut pas se passer de lui!

Cara ne voulut pas répondre sur ce point.

– Que devient M. Thistlewood? demanda-t-elle.

– Justement, j'allais vous en parler, milady. Albert a des nouvelles fraîches; d'après lui, quelque chose se mijote contre lord Harroby.

– Le voisin de mon oncle?

– Il paraît qu'il faut éliminer lord Harroby et les ministres, pour que la voie soit libre... De quelle voie il s'agit, je n'ai pas bien compris. Peut-être le chemin qui conduit au palais? Il est question de faire marcher des gens contre les casernes...

Cara ouvrait des yeux horrifiés.

– Mon Dieu, que veux-tu dire, Emily? Recommence depuis le début. Qu'est-ce qu'Albert a entendu?

La petite bonne, étonnée par le ton pressant de Cara, demeurait silencieuse et gênée.

– Voyons, Emily, nous savons toutes les deux qu'Albert écoute aux portes; et je ne l'en blâme pas, car il peut nous donner des renseignements très utiles. Ce M. Thistlewood est un méchant homme : il combine avec mon oncle des événements graves. Nous devons savoir ce qu'ils préparent!

– Bien sûr, milady, mais vous connaissez Albert! Il parle pour se vanter. La moitié de ce qu'il raconte peut être pure invention!

– Cela ne fait rien. Nous démêlerons le vrai du faux. Répète-moi ses paroles.

– M. Thistlewood a rameuté des amis qui sont prêts à le suivre. Il les fera venir place Grosvenor quand lord Harroby donnera une réception, avec nombre de messieurs de la politique. Alors ils entreront chez lui, et couic!

– Emily... Tu veux dire qu'il y aurait un massacre?

– C'est votre oncle qui en a décidé ainsi. « Ils doivent tous y passer! » Je crois même qu'il a nommé M. le marquis.

Cara était devenue blanche comme son corsage. Elle se retint au dossier d'un fauteuil

– M. Thistlewood loge-t-il encore place Grosvenor?

– Non, il a une chambre en ville. Dans la rue Caton, il me semble.

– A quel numéro?

– Du côté de la rue Edgware. C'est là qu'il cache toutes sortes d'armes. Albert nous a raconté qu'il y en avait pour une bonne somme, des épées, des pistolets, des fusils... C'est pour leur révolution.

Cara sentait un froid de glace descendre le long de son échine. Elle comprenait pourquoi son oncle commettait la folie de s'allier avec un agitateur public. Il ne visait pas les dirigeants du royaume, rien qu'une victime, son ennemi abhorré : le marquis de Broome.

De plus, sa nièce devenue veuve recevrait une large part d'héritage, et ce serait un jeu pour lui de l'en spolier à son usage exclusif!

– Emily, récapitula-t-elle d'une voix pressante, M. Thistlewood habite actuellement rue Caton et il rencontre ses complices près de la gare Edgware, c'est bien cela?

– Oui, tous les soirs, dans une écurie... Selon Albert. N'oubliez pas, milady!

– Je te remercie, pas un mot à quiconque! Je saurai te récompenser, ma chère Emily!

Peu après le départ de la jeune bonne, Abigaïl entra dans la pièce pour choisir avec sa maîtresse la robe que celle-ci mettrait pour le dîner.

La penderie débordait de toilettes neuves, portant la griffe des plus grands noms de Bond Street. Cara fut longue à se décider; elle opta pour une toilette de soie blanche décorée de fleurs de magnolia. Leurs feuilles sombres et luisantes enlevaient toute fadeur à une tenue qui aurait pu être banale, et produisaient un effet surprenant de « jamais vu ».

Le marquis montrait pour les parures féminines le même discernement qu'en toutes choses. Comme en sport ou en politique, c'était un connaisseur!

Cara dut s'avouer qu'elle n'était sûrement pas la première femme à bénéficier de ses conseils. Sans comprendre pourquoi, elle trouva sa jolie robe moins plaisante. Elle se détourna de sa glace avec humeur.

– En fin de compte, Abigaïl, je regrette de m'être mise en blanc. Est-il trop tard pour me changer? Je n'ai peut-être pas le temps...

Elle lança un coup d'œil en direction de la pendule et découvrit qu'elle marquait juste l'heure du dîner.

– Je crois que milord n'est pas encore rentré, dit Abigaïl.

– Pas encore? Il est moins le quart!

Cara sortit dans le couloir et courut vers l'escalier.

Le maître d'hôtel se trouvait dans le hall.

– Newman, Son Honneur est-il là?

– Je m'apprêtais à faire porter un message à Votre Seigneurie : M. le marquis regrette de ne pouvoir dîner en votre compagnie. Sa Majesté le retient au palais.

Cara en fut décontenancée pendant quelques secondes; elle retrouva son sang-froid et commanda :

– Qu'on serve immédiatement!

– Bien, milady! acquiesça le majordome en s'inclinant.

En rentrant chez lui ce soir-là, Broome ne pensait pas à sa femme qui avait été obligée de souper seule, mais au roi et à ses ennuis.

Ceux-ci étaient toujours les mêmes et il commençait à en être saturé. Il avait déclaré tout net au grand chambellan qu'il partait pour la campagne le surlendemain.

– Je ne supporte plus la capitale! Je dois me mettre au vert!

Le chambellan avait pris un air désolé :

– Sa Majesté a besoin de vous!

– Je mérite une semaine de congé, peut-être deux! J'ai promis à lord Harroby de dîner avec lui demain soir : il invite les membres du cabinet au complet. Mais pour les jours suivants, je ne prends plus d'engagements!

– Je ne peux pas vous blâmer... Avec la maladie de Sa Majesté, vous n'avez pas eu de lune de miel!

En arrivant place Berkeley, le marquis estima que

de courtes vacances lui donneraient l'occasion de mieux connaître sa femme. Puisqu'elle se vantait de bien monter à cheval, il lui confierait quelque jument pleine de feu, mais pas aussi indomptable que le terrible Agamemnon!

« Nous nous découvririons des intérêts communs », songeait-il.

Ce séjour à Broome se présentait d'heureuse façon; il serait fier d'y ramener une compagne vêtue à la dernière mode. La veille il avait trouvé Cara vraiment ravissante dans l'une des robes qu'il avait pratiquement dessinées lui-même. Elle lui ferait honneur et il inviterait quelques voisins sans cérémonie; bientôt le deuil royal serait levé; sa femme pourrait faire son entrée dans le monde.

La voiture s'arrêta devant l'hôtel particulier. Un laquais vint ouvrir la portière.

Quand le marquis entra dans le hall, Newman vint à sa rencontre.

– Pardonnez-moi, milord, mais une jeune personne du nom d'Emily insiste pour être reçue par Votre Honneur. Je lui ai répondu que ce n'était plus l'heure, mais elle ne veut pas démordre de son idée. Elle dit que c'est une question de vie ou de mort!

Le digne maître d'hôtel parlait avec l'ironie discrète d'un serviteur qui ne croit guère à l'importance du message qu'on l'a chargé de transmettre.

Le marquis hésita un moment. Ce prénom lui rappelait quelque chose. Il se souvint qu'une certaine Emily servait de camériste à Cara lorsqu'elle habitait chez son oncle, et que c'était elle qui lui avait fourni son déguisement.

– Faites-la venir dans mon bureau, dit-il enfin.

Et il gagna cette pièce d'un pas vif, étonné qu'Emily l'eût réclamé de préférence à Cara. Un regard à sa montre lui apprit que minuit approchait : la marquise était couchée, voilà pourquoi on n'avait pas fait monter la visiteuse.

Le battant s'ouvrit.

– La personne qui vous demande, milord! annonça le maître d'hôtel.

Le marquis jugea l'arrivante au premier regard : habillée sobrement, avec un épais châle de laine sur les épaules et un bonnet noué de rubans noirs, Emily avait l'air d'une jeune fille convenable.

Elle fit la révérence et attendit.

– Bonsoir, Emily. J'ai cru comprendre que vous habitiez place Grosvenor, chez le comte de Matlock?

– Oui, milord, et je dois vous parler de toute urgence!

– Quelque chose ne va pas?

– Oh! oui, milord, et c'est ma faute! Je le jure devant Dieu, je n'aurais jamais cru que Sa Seigneurie avait en tête une telle folie, quand elle m'a demandé un autre costume... Je croyais qu'elle voulait faire une petite escapade, rien de bien méchant! Mais pas ça, milord!

Emily s'exprimait en phrases hachées et se tordait nerveusement les doigts. Le marquis lui fit signe d'approcher, lui désigna une chaise en face de son bureau et prit place dans son propre fauteuil.

– Asseyez-vous, Emily. Racontez-moi ce qui se passe. Pour le moment je ne comprends guère le sens de vos paroles.

La jeune fille s'effondra, comme si ses jambes ne la portaient plus, et elle joignit les mains.

– Quand Tom est venu me dire qu'il avait croisé Sa Seigneurie dans la rue Caton, je n'ai pas pu y croire, souffla-t-elle.

– Qui est Tom?

– Il lave la vaisselle chez nous, milord. Il n'aime rien tant que rôder partout; c'est lui qui a rapporté au maître qu'il avait vu miss Cara monter dans votre voiture!

– Bon, j'ai compris. Et qu'a-t-il découvert cette fois-ci?

– Tom était à traîner dans le coin où M. Thistlewood rameute ses bons à rien, une écurie abandonnée. Quand j'en ai parlé à milady, je ne pensais pas qu'elle s'y rendrait aussitôt! Si on la découvre, elle y perdra la vie, Votre Honneur!

Le marquis semblait un peu perdu.

– Quels bons à rien! Et où la marquise serait-elle allée?

– Tom l'a vue, de ses yeux vue, milord! Il y a tout juste deux heures! Quand il est venu me le dire, je n'en croyais pas mes oreilles!

– A quel endroit exact se trouve-t-elle? s'enquit Broome calmement.

Il avait, durant la guerre, interrogé de nombreux soldats ou paysans, et il savait que la dernière faute à commettre était de les brusquer. Il devait laisser parler sa visiteuse selon son propre rythme.

– Dans une écurie de la rue Caton, milord, là où ces révolutionnaires se rencontrent. C'est par là qu'habite M. Thistlewood, ce vilain bonhomme qui est venu un temps loger chez nous. Albert l'a entendu discuter avec M. le comte. Albert est le valet de chambre de notre maître, si vous ne le savez pas.

– Et vous avez rapporté leur conversation à Sa Seigneurie?

– Oui. Elle est devenue blanche comme un linge, milord. Ils ont combiné d'entrer chez lord Harroby, notre voisin, pour tuer tout le monde dans sa maison! Je ne peux pas laisser faire une chose pareille, quand mon fiancé y est valet de pied...

Abasourdi, le marquis restait sans voix.

– Ils ont l'intention de massacrer maîtres et domestiques? Et cela se passerait quand? demanda-t-il enfin.

– Demain soir, milord, à l'heure du dîner.

Cette précision fut un trait de lumière pour le marquis.

– Ce sont les ministres que l'on vise! Vous avez donc révélé tout ceci à ma femme?

– Oui, sans penser qu'elle irait se jeter aussitôt dans ce nid d'assassins!

– Et c'est pourtant ce qu'elle a fait?

– Tom l'a vue, comme je vous vois, milord! Avec le costume que je lui ai trouvé dans le grenier et malgré la cape qui la dissimulait... Elle est entrée dans l'écurie, quand il n'y avait encore personne!

Le regard du marquis était dur.

– D'après Tom, combien d'hommes viennent au rendez-vous?

– Plus d'une douzaine, milord, peut-être le double!

– Rue Caton, n'est-ce pas?

– Oui, pas loin de la rue Edgware. Si ces gens trouvent miss Cara, ils la tueront, c'est sûr!

– Espérons qu'il n'en sera rien! Merci, Emily, d'avoir eu le courage de venir me trouver pour tout me révéler.

– Il le fallait, milord. C'était mon devoir. Même si je perds ma place, je ne veux pas avoir le meurtre de milady sur la conscience! Et peut-être aussi celui de mon fiancé...

– Je vous comprends. Ne rentrez pas place Grosvenor, vous pourriez y être en danger. Demeurez ici. Ma gouvernante s'occupera de vous et demain matin nous parlerons de votre avenir.

Des larmes coulaient le long des joues d'Emily.

– Merci, milord, merci! Je suis sûre que les autres domestiques ont été étonnés de me voir partir aussitôt après que Tom m'ait parlé... Si cela arrive aux oreilles de mon maître, ou de M. Thistlewood... Mais je ferais n'importe quoi pour milady!

– Ne craignez rien pour vous, ni pour elle non plus. Je prends la situation en main. Soyez tranquille, vous êtes en sécurité sous mon toit.

Le marquis se leva de son bureau et sortit dans le hall. Il donna rapidement des ordres à son maître d'hôtel, puis monta se changer.

Il se demandait en lui-même s'il n'était pas trop tard pour sauver Cara!

7

Conduisant son léger véhicule vers la rue Caton, Broome n'arrivait pas à croire que ce quartier paisible cachait une meute d'assassins.

Il se rappelait fort bien avoir dit à Cara dans l'après-midi :

– Je serai là pour dîner, mais pas demain soir, car je dois rencontrer le Premier ministre et les membres du cabinet chez lord Harroby.

Elle n'avait fait aucun commentaire, car le marquis passait son temps entre les réunions politiques et ses fonctions auprès du roi.

Mais Cara n'avait pas oublié ce renseignement; elle était certainement partie rue Caton pour vérifier le récit d'Emily et savoir si le projet d'attentat reposait sur des fondements réels.

Ce complot semblait incroyable! Supprimer en bloc tout le gouvernement! Et pourtant... Les émeutes devenaient de plus en plus nombreuses; des ferments d'agitation se déclaraient ici et là, sans que les dirigeants du pays prennent les mesures nécessaires pour calmer les esprits.

Pour être sûr que Cara ne dormait pas, Broome

en allant revêtir une tenue plus neutre que ses habits de soirée, ouvrit la porte de sa chambre.

Si le verrou avait été poussé, il en aurait conclu que ses craintes étaient vaines et que la jeune femme dormait paisiblement; or cette fois-ci le battant s'ouvrit et il put constater que le lit n'était pas occupé.

Cara était donc partie pour l'expédition la plus folle qui se puisse concevoir!

Le marquis ne sous-estimait pas le danger : il arrêta prudemment sa voiture dans la rue Edgware, la confia au groom et marcha d'un pas silencieux vers la rue Caton, prenant garde de rester dans l'ombre.

A minuit passé, la circulation était nulle dans ce quartier peu fréquenté, et l'on ne voyait pas l'ombre d'un passant.

La rue Caton longeait l'arrière de vastes maisons qui avaient perdu leur splendeur passée. Elle était surtout bordée de resserres et d'écuries, vides pour la plupart et en mauvais état.

Ce n'était guère un but de promenade pour un pair du royaume et encore moins pour une jeune épouse de dix-huit ans. Une taverne projetait un pan de lumière jaune sur le pavé mouillé. En face, s'élevait un bâtiment qui semblait un peu moins délabré que les autres : une écurie vraisemblablement.

Ce qui retint l'attention du marquis fut une mince ligne de clarté soulignant le contour de la porte et indiquant à n'en pas douter que des gens se trouvaient à l'intérieur.

Broome ne commit pas l'imprudence de s'en approcher; il recula dans l'ombre d'un porche situé non loin de la taverne et resta immobile, prêt à toute éventualité.

Un profond silence régnait dans la rue. Si des consommateurs buvaient bruyamment dans l'estaminet, aucun écho n'en filtrait au-dehors. La nuit était froide et claire. Un mince croissant de lune montait au-dessus des toits.

Dans cette atmosphère menaçante et figée, le marquis sentit redoubler ses craintes au sujet de Cara. Sa conduite était insensée. Elle s'était aventurée seule, déguisée en garçon, dans cet antre de conspirateurs pour qui un meurtre ne représentait qu'une précaution de sécurité élémentaire!

La jeune femme avait montré un courage proche de l'héroïsme; Broome ne connaissait aucune autre personne parmi ses relations capable de prendre des risques pareils.

Il devait s'avouer que Cara lui avait toujours paru déconcertante; elle était petite, menue, ravissante, et elle cachait une volonté de fer. Il n'osait pas penser à cette créature fragile, brutalisée par des démons et peut-être torturée, pour obtenir d'elle des renseignements avant de la tuer...

Broome regretta d'être venu seul. Si Emily avait raison, s'il y avait dans cette bâtisse une vingtaine d'hommes prêts à tout, le marquis aurait dû emmener du renfort en nombre équivalent... mais où le trouver à cette heure de la nuit?

Au moment où, las d'attendre, il s'était décidé à passer à l'action, très lentement la porte de l'écurie fut tirée vers l'intérieur et s'entrebâilla.

Le marquis retint sa respiration : un homme glissait la tête pour inspecter la rue.

Visiblement rassuré, il ouvrit le battant pour livrer passage à une foule d'individus qui visiblement faisaient partie de la lie du peuple. Ce n'étaient pas des ouvriers ou d'humbles commerçants qui pouvaient légitimement protester contre la famine et le chômage, mais des ratés, des agitateurs profitant du malheur d'autrui pour se remplir les poches.

Grands ou petits, bien mis ou vêtus de haillons, ils semblaient prêts à risquer leur vie et surtout celle des autres si le butin en valait la peine. Ils sortirent dans la rue Caton en silence et se répandirent de part et d'autre de la porte comme une sombre marée. Quelques minutes plus tard, ils avaient disparu.

Le marquis attendait toujours; enfin un homme ferma soigneusement la porte et s'éloigna en direction de la rue Edgware. Il était habillé comme un gentleman et Broome n'eut pas de difficulté à reconnaître Thistlewood. Celui-ci marchait en rejetant les épaules en arrière, avec un air de triomphe évident : il devait se réjouir du succès de la réunion, et imaginer les grands événements à venir.

C'était à n'en pas douter un personnage extrêmement dangereux. Un meneur de foule.

... Le marquis traversa prudemment la rue quelques minutes plus tard. Il ne pensait pas trouver porte close car il savait que dans les maisons abandonnées tout ce qui est fermé à clef attire immanquablement les voleurs : Thistlewood ne commettrait pas la sottise de barricader son repaire.

Il poussa donc le portail avec précaution, mais au lieu d'entrer, il resta collé à l'encadrement de pierre : il avait vu de nombreux militaires perdre la vie en pénétrant inconsidérément dans des locaux abandonnés par l'ennemi; des tireurs d'arrière-garde s'y embusquaient fréquemment, prêts à tirer sur des soldats trop confiants.

Broome laissa donc s'écouler quelques secondes avant de se glisser à l'intérieur. L'endroit était sombre et sentait le foin pourri. Sur le plancher situé à mi-hauteur se devinaient des bottes de paille qui avaient sans doute servi de siège aux conspirateurs.

En revanche on ne découvrait nulle trace d'échelle; Thistlewood l'avait probablement cachée par précaution.

Le marquis s'avança jusqu'au centre de l'écurie; tout était silencieux; les lieux semblaient déserts.

A voix basse, il lança :

– Je suis ici, Cara...

Seul lui répondit un courant d'air venu de la porte et qui agita les fétus de paille répandus sur le sol.

Etait-il venu pour rien? Ou Cara était-elle sortie par une autre issue?

Comme il tournait lentement sur ses talons, indécis et préoccupé, un bruit de fourrage froissé parvint à ses oreilles, et une voix murmura :

– Est-ce vraiment vous?

– Oui... Cara, où vous cachez-vous?

– Je ne peux pas descendre, annonça une petite voix navrée.

Le marquis ouvrit plus grande la porte pour profiter du maigre clair de lune et il scruta les ténèbres.

– Je ne vous vois pas. Où êtes-vous?

– Ici, répondit un murmure venant d'en haut.

Et Broome comprit : Cara s'était cachée dans le râtelier à foin, après être montée sur la mangeoire des chevaux. Elle se trouvait ainsi sous le grenier où complotaient les conspirateurs.

Le marquis vint se placer au-dessous d'elle et tendit les bras.

– Sautez! ordonna-t-il. Je vous retiendrai.

Elle passa une jambe par-dessus le râtelier puis se pencha en avant. Elle hésitait.

– Ne craignez rien, Cara! Lancez-vous!

Elle obéit, lâcha prise et sauta dans le vide. Pour supporter le choc, Broome avait pris un appui solide : il reçut le corps de Cara contre sa poitrine et sentit deux mains se raccrocher à ses épaules.

Quand elle eut retrouvé son souffle, Cara murmura :

– Ivo, ils ont décidé de vous tuer! Oui, demain soir, je les ai entendus!

La jeune femme tremblait d'émotion et Broome pouvait sentir son cœur battre frénétiquement contre le sien.

Il resserra son étreinte et s'écria .

– Comment avez-vous pu venir seule ici? Jamais vous n'auriez dû...

Il arrêta court ses remontrances. A quoi cela servait-il de gronder Cara? Elle était saine et sauve, et il l'aimait!

Il pencha la tête et trouva ses lèvres.

Pendant qu'il attendait de l'autre côté de la rue, malade d'appréhension, il n'avait songé qu'à sauver Cara, mais à présent, la certitude de la savoir indemne l'emportait dans une grande vague de joie et il ne pensait plus qu'à son amour.

Ainsi il était épris de cette intruse qui avait tous les défauts qu'il condamnait chez les femmes : audace, goût de la repartie, comportement peu conventionnel et surtout esprit d'indépendance poussé jusqu'à la déraison.

Or maintenant que sa bouche tenait captive celle de Cara, il comprenait qu'au fil des jours mille liens s'étaient tissés entre eux, et la jeune fille avait su trouver le chemin de son cœur.

Pour Cara, les portes du paradis semblèrent s'ouvrir sur une lumière éblouissante qui dissipait un univers de ténèbres, de souffrance et d'horreur... Sans en être consciente, elle se pressait davantage contre le marquis et répondait à ses baisers.

Unis dans la merveilleuse découverte de leur mutuel amour, ils avaient perdu toute notion du temps et de l'endroit où ils se trouvaient.

Broome releva la tête et sentit le poids de la réalité l'accabler de nouveau.

– Pour l'amour de Dieu, s'écria-t-il, quittons cet endroit! J'ai eu si peur que ces démons ne vous tuent!

– Ivo, c'est vous qu'ils veulent tuer...

Cara ne savait plus très bien ce qu'elle disait. Le bonheur l'avait entraînée dans une extase qu'elle avait peine à quitter.

Le marquis serrant toujours Cara dans ses bras, s'approcha de la porte et examina la rue comme l'avaient fait les conspirateurs avant de s'en aller.

Tout semblait tranquille et les lumières de la taverne s'étaient éteintes.

Broome se risqua le long de la chaussée jusqu'à l'embranchement de la rue Edgware; il tenait Cara étroitement enveloppée dans sa cape, comme s'il emportait un trésor sans prix.

Rasant les murailles, il priait le Ciel que sa voiture fût encore là. Plusieurs mauvais garçons et Thistlewood lui-même étaient partis de ce côté.

Peut-être avaient-ils trouvé suspecte la présence d'un brougham arrêté non loin de leur repaire? Peut-être avaient-ils molesté le groom, ou l'avaient-ils assommé avant de s'emparer du véhicule?

Le marquis pressa le pas et poussa un soupir de soulagement à la vue de son fidèle domestique qui menait les chevaux par la bride pour leur donner un peu d'exercice. Il se félicita d'avoir choisi une voiture très simple et qui ne portait pas ses armoiries sur les portières.

Cara ne disait mot; elle était toujours prisonnière de l'enchantement que tous deux avaient ressenti lorsque leurs lèvres s'étaient rencontrées. Comment penser à autre chose?

Mais quand elle aperçut l'équipage, elle demanda :

– Je devrais peut-être marcher?

– Restez dans mes bras. Je ne veux plus vous perdre.

Et en disant ces mots, le marquis la serra plus fort contre lui. Cara n'avait jamais connu un tel sentiment de bonheur et de sécurité!

Le groom fut soulagé de reconnaître son maître.

– On rentre à la maison, milord?

Celui-ci installait avec précaution sa femme sur le siège arrière.

– Oui, et vous conduirez.

– Entendu, milord.

Broome s'assit près de Cara et posa son bras autour de ses épaules. Les chevaux s'élancèrent.

Bientôt ils sortirent de ce quartier où ils avaient vécu la plus grande peur de leur vie, et la découverte de leur amour. De nombreuses questions se pressaient sur les lèvres du marquis, mais à la lueur des rares lanternes suspendues aux maisons, il découvrit un petit visage levé vers le sien, des yeux brillants de joie qui le regardaient avec une interrogation muette, une bouche offerte à ses baisers.

Encore sous le choc des dangers qu'il venait d'affronter, le marquis pressa le corps mince de Cara contre le sien presque brutalement et couvrit de caresses ardentes son front, ses joues, ses cheveux bouclés. Il avait cru qu'il ne la retrouverait pas vivante; elle était à lui; jamais plus il ne la laisserait partir!

En se faisant cette promesse, il comprit que son amour pour Cara était entièrement différent de ce qu'il avait éprouvé pour tant de beautés à la mode. Les émotions de ces dernières heures donnaient certes une intensité supplémentaire à ses baisers, mais il n'était pas poussé par le simple désir physique : il ressentait la certitude profonde et merveilleuse de posséder enfin ce qu'il avait cherché sans le savoir au long des années...

Ces réflexions traversaient son esprit d'une façon rapide et désordonnée; il ne pouvait penser clairement et s'adonnait à la joie de sa grande découverte. Il voulait protéger Cara, la combler, la rendre heureuse!

Ils approchaient de la place Berkeley quand la jeune femme chuchota, pour ne pas être entendue par le groom, absorbé devant eux par la conduite des chevaux.

– Comme je vous aime, Ivo! Je ne le soupçonnais pas, jusqu'au moment où j'ai appris qu'on voulait vous tuer!

Le marquis lui posa enfin la question qui l'avait torturé pendant sa longue attente :

– Pourquoi être venue dans ce repaire de brigands? Pourquoi vous être rendue seule rue Caton, quand vous auriez pu me prévenir?

– Je devais m'assurer qu'Albert n'avait pas menti! Croyez-vous que je vous aurais laissé partir chez lord Harroby, quand à chaque instant on pouvait vous ramener... mort?

Sa voix se brisa sur ce dernier mot et le marquis s'enquit doucement :

– Cela vous aurait fait de la peine?

– Je n'aurais pas supporté une chose pareille!

– Et pourtant, vous réclamiez votre liberté.

– Je n'avais pas conscience de mes vrais sentiments. Je voulais vous fuir et j'avais demandé pour cela un déguisement à Emily, mais finalement...

– Oui?

– Je retardais mon départ. En réalité je ne voulais plus vous quitter!

Le marquis la regardait sans répondre.

– Etes-vous fâché contre moi, Ivo?

– Non, mais terriblement secoué! Je n'ai jamais eu si peur, même à l'armée. Jurez-moi que vous ne recommencerez pas, mon cœur!

A ce mot tendre Cara eut un petit frémissement de joie et elle cacha son visage contre le manteau de son mari.

– Je vous promets tout ce que vous voudrez! A votre tour promettez-moi d'être prudent! Ce n'est plus moi qui suis en danger, mais vous!

– Ne vous inquiétez pas. Le dîner projeté n'aura pas lieu, et la police tendra une souricière aux assassins.

Cara soupira de soulagement et relevait la tête pour un nouveau baiser, quand l'équipage ralentit : on arrivait place Berkeley.

Il n'y avait personne sur le perron ni dans le hall

car le marquis avait recommandé aux domestiques de se coucher; il savait comment était vêtue Cara et il ne voulait pas que l'on bavarde à son sujet.

– Montez vite dans votre chambre, ma chérie! dit-il, comme la voiture s'arrêtait. Je vous apporterai de quoi vous restaurer. Vous me raconterez en détail tout ce qui s'est passé.

Cara lui sourit en réponse et le marquis songea qu'aucune femme ne pouvait lui être comparée, en dépit des brins de paille qui se mêlaient à ses cheveux et de son costume d'étudiant! Elle resplendissait de bonheur et ses yeux brillaient comme des étoiles.

Le marquis donna un généreux pourboire au groom en lui recommandant de tenir sa langue; il déposa son manteau dans le vestibule et gagna son bureau pour y prendre la bouteille de champagne et les sandwiches au pâté qui l'attendaient rituellement chaque soir.

Il déposa le tout sur un plateau, avec deux verres, et monta l'escalier d'un pas léger. Il ressentait le délicieux émoi d'un enfant qui voit pour la première fois se lever le rideau rouge d'un théâtre : il allait rejoindre Cara et savait que leur bonheur surpasserait tout ce qu'il avait connu jusqu'à présent.

Il entra d'abord dans sa chambre où son valet l'aida à se dévêtir avant de se retirer en lui souhaitant le bonsoir.

Le marquis enfila une pelisse d'intérieur en soie bleu foncé qui descendait jusqu'à ses pieds, se saisit du plateau et entra dans le petit couloir qui menait chez Cara. Il ne craignait plus, cette nuit, de trouver le verrou poussé.

Des candélabres, placés de chaque côté du lit à

baldaquin, jetaient une douce clarté sur la jeune femme en chemise de nuit transparente, sur ses bras nus et sur ses boucles aussi lumineuses que des copeaux d'or. Elle incarnait tout ce qu'on pouvait rêver de charmante féminité.

S'avançant jusqu'à la table de nuit, Broome y déposa son plateau et s'assit au bord du lit.

Cara leva une main timide pour toucher les cheveux très noirs de son mari.

– Dites-moi que tout cela est bien réel, que je n'ai rien imaginé...

– Vous êtes en sécurité dans ma maison.

– Nous devons prévenir le Premier ministre, lord Harroby, et tous ses invités, sans exception! Supposez que l'un d'eux se rende place Grosvenor...

– Ne vous inquiétez pas. Ils seront avertis, je vous le promets.

Le marquis s'empara des doigts de Cara pour les embrasser l'un après l'autre.

– Ne pensez plus à eux mais à nous, à nous deux seulement. Je vous aime, Cara.

– Est-ce possible? Je pensais que vous me détestiez... Et ce n'était que justice : mon oncle vous avait imposé une épouse alors que vous aviez peut-être en vue quelqu'un d'incomparablement mieux que moi!

– Chut, ma chérie! Quelles folies vous passent par la tête? Je m'étais résigné à cette nécessité de me marier, mais le plus tard possible, afin d'assurer la succession. J'imaginais la future marquise de Broome comme une personne très digne et fort ennuyeuse! Dois-je vraiment dire ce que je pense de vous, en comparaison?

Cara eut un petit rire joyeux :

– Quand je vous ai rencontré, j'aurais dû comprendre que vous étiez celui que j'attendais! J'ai manqué d'intuition d'une manière lamentable! Je n'ai pas reconnu l'homme dont je rêvais sans trop y croire, celui que je saurais aimer comme ma mère aimait papa...

– Et comme moi je vous aime!

Il se pencha pour la prendre entre ses bras et il la déposa doucement sur l'oreiller; puis il contempla un long moment son visage avant de poser les lèvres sur les siennes.

Ses baisers, lents et insistants, n'avaient pas la fougue de leur premier enlacement : ils étaient empreints d'un grand respect, comme si le marquis craignait de froisser une fleur si délicate.

Mais bientôt Cara l'attira vers elle en nouant ses mains autour de son cou. Il se leva pour souffler les bougies et retirer sa robe de chambre; puis il se glissa dans le lit près de Cara, encore plus près...

Quand l'aube pointa à travers les rideaux, la joue de Cara vint caresser l'épaule du marquis et dans un petit rire elle murmura :

– Ivo, comme j'étais sotte! J'échafaudais des projets de fuite sans comprendre que loin de vous j'aurais été malheureuse!

– Ne parlons plus jamais de fuite ni de séparation! Je vous veux avec moi, près de moi, tout contre moi! Je suis prêt à tuer celui qui poserait la main sur vous, je vous l'ai déjà dit.

– Mon chéri, je ne savais pas qu'aimer rendait si heureux!

– Je ne vous ai ni choquée ni déplu? Vous aviez peur de moi le soir de notre mariage, souvenez-vous? J'ai trouvé votre porte fermée à clef. Je croyais être en colère contre vous, mais j'étais surtout désolé.

– Je ne vous connaissais pas, je ne vous comprenais pas... Mon expérience des hommes était fort limitée : sir Benjamin et oncle Lionel !

– Gare à vous si vous osez me comparer à eux ! menaça le marquis en riant. Dites que je ressemble à Thistlewood, et je vous tords le cou ! Il faudra que vous me racontiez par le menu ce qui s'est passé rue Caton, mais pour le moment j'ai surtout envie de vous embrasser !

Cara le laissa volontiers joindre le geste à la parole et ce fut bien plus tard qu'elle lui confia :

– Ce fut comme si le destin m'ordonnait d'agir... Quand j'ai appris par Emily que votre vie était en danger – celle des membres du Cabinet m'importait beaucoup moins ! – je n'ai pas pu rester ici à ne rien faire ! Et dans le râtelier à foin j'ai entendu ce qu'ils projetaient de vous infliger : ce sont des brutes abominables ! J'ai compris combien je vous aimais. Je serais demeurée cachée sans bruit jusqu'à l'aube, s'il l'avait fallu ! Votre vie en dépendait.

Le marquis la serra contre lui avec émotion.

– Dites-moi tout et ensuite nous oublierons ce complot comme s'il s'agissait d'un simple cauchemar.

– Emily m'avait parlé d'une écurie. Mais laquelle était-ce ?

– Je l'ai trouvée grâce à la lumière qui filtrait le long de la porte, mais pour vous il n'y avait pas cet indice, remarqua Broome. Comment l'avez-vous découverte ?

– Certains bâtiments abritaient encore des chevaux et dans d'autres se trouvaient de tels amoncellements de détritus qu'il était impossible d'y tenir une réunion. Je suis finalement arrivée à la hauteur d'une taverne et je me suis dit que ce devait être en face.

– Vous êtes entrée...

– Je savais que si on me découvrait, je risquais des ennuis terribles. Je choisis donc de me dissimuler dans le foin du râtelier. De cet endroit proche du grenier, j'étais assurée de ne pas perdre une seule de leurs paroles.

– Bien raisonné, mais follement dangereux, Cara!

– J'ai attendu vingt minutes environ, puis le premier homme est arrivé. Il a installé une échelle et il est monté pour attendre les autres. Je n'osais plus respirer!

– C'était sûrement Thistlewood. Ses complices l'ont rejoint assez vite?

– Ils étaient très excités: ils se vantaient, ils riaient, ils imaginaient le massacre du lendemain... Bien loin de les calmer, leur chef les encourageait et il leur recommanda de ne pas vous manquer, car oncle Lionel y tenait!

Cara frémit d'horreur, son cœur battait contre celui du marquis, plusieurs minutes s'écoulèrent avant qu'elle ne retrouve son sang-froid.

– C'est fini, ma chérie! dit Broome en caressant ses cheveux.

– Un membre du complot devait sonner à la porte de lord Harroby et se présenter comme un messager chargé d'une dépêche très urgente. Les autres auraient pris position dans le petit bosquet au centre de la place.

– Et ensuite?

– Sitôt la porte ouverte, deux ou trois hommes cachés sur les marches auraient poussé le battant de force et fait entrer la foule des conjurés. Ils avaient pour consigne de ne laisser en vie aucun habitant de la maison, y compris les serviteurs. Ces gens s'exprimaient comme des forcenés : ils voulaient couper la tête de lord Castlereagh pour la mettre sur une pique!

– C'est une pratique assez courante chez les révolutionnaires. Cela s'est fait en France.

– Et aussi garder en souvenir la main droite du Premier ministre, ou celle de lord Sidmouth, je ne sais plus! Et puis, quand tout serait terminé, ils tireraient une fusée, une sorte de signal pour leurs amis...

– Ainsi d'autres crimes étaient prévus?

– Ils ont aussi projeté de mettre le feu aux réserves d'un marchand d'huile afin d'attirer une grande foule de badauds. Ils leur montreraient les cadavres des ministres et exciteraient la populace à prendre d'assaut les casernes situées près de Hyde Park.

– Je n'ai jamais entendu pareilles inventions!

– Et ce n'est pas tout! M. Thistlewood parlait d'attaquer la banque d'Angleterre, la prison pour dettes, et la tour de Londres!

– Cela tient du délire... Et votre oncle, selon vous, est au courant du complot?

– Thistlewood a cité son nom plusieurs fois comme celui d'un bienfaiteur et d'un conseiller.

Le marquis se souvint du visage triomphant de Matlock, lorsque lui-même signait le chèque de dix mille livres et marchait docilement vers la chapelle du château.

Il était alors à la merci de son ennemi.

A présent, le vent avait tourné. Broome tenait

entre ses mains de quoi faire pendre l'oncle de Cara.

Naturellement il n'en dit rien à celle-ci et se contenta de lui demander :

– Qu'ont-ils raconté d'autre ?

– Ils ont passé en revue leur armement : des épées, des fusils et des piques, entreposés chez M. Thistlewood. Celui-ci a expliqué à chacun son rôle et les armes devaient être retirées chez lui dans la journée du lendemain. Il a spécifié qu'une bonne partie des munitions avait pu être achetée grâce aux dons de mon tuteur.

Broome se demanda si le comte n'escomptait pas en retour une participation au gourvernement des insurgés. Quelle occasion de se remplir les poches !

– Enfin, poursuivit Cara, ils ont tous juré d'obéir jusqu'à la mort à M. Thistlewood !

Le marquis sentait la tête lui tourner. Certes, la plupart de ces projets relevaient de la fiction, mais une vingtaine d'hommes disciplinés pouvait certainement causer des troubles graves et en tout cas massacrer facilement un groupe de dîneurs sans méfiance.

– Grâce à vous, ma chérie, soupira-t-il, nous sommes prévenus : nous ne nous laisserons pas égorger comme des agneaux ! Je devine combien le Premier ministre et lord Harroby vous auront de reconnaissance !

– Ne citez pas mon nom ! protesta la jeune femme.

– Oui, vous avez raison. La marquise de Broome ne saurait se promener nuitamment déguisée en garçon, ni se percher dans le foin pour espionner des révolutionnaires !

– Evidemment, les bavards s'en donneraient à cœur joie!

– Je ne révélerai mes sources qu'au Premier ministre, et sous le sceau du secret.

– Le principal, c'est que vous soyez tous sains et saufs! Je n'ai pas envie de répéter mon histoire à ces messieurs; je ne veux plus y penser. J'ai eu trop peur. Quand ils disaient qu'ils vous frapperaient le premier, selon les instructions de mon oncle, j'ai cru sentir un poignard s'enfoncer dans ma poitrine!

– Ainsi vous pouvez vous imaginer quelle fut mon angoisse, lorsque je vous croyais torturée par ces brutes!

Cara poussa un cri qui ressemblait à un sanglot :

– Vous teniez un peu à moi? Je vous voyais si distant, si préoccupé de politique ou de chevaux... Je pensais n'avoir aucune place dans votre cœur...

– Je tiens à vous plus qu'à moi-même! Promettez-moi de ne plus jamais risquer votre existence comme vous l'avez fait cette nuit!

– Je vous obéirai en tout. Dites-moi ce qui vous déplaît dans mon comportement et je le corrigerai pour vous satisfaire!

Le marquis secoua la tête avec tendresse :

– Ne change pas, ma chérie; je t'aime comme tu es. Je trouvais que tu faisais une étrange marquise de Broome, mais j'avais tort : tu es parfaite!

– Oh! c'est si facile de vous aimer! Comment ai-je pu croire que je haïssais les hommes? Plus rien ne compte sur la terre que vous!

La passion qui vibrait dans sa voix bouleversa profondément le marquis. Les mauvais traitements subis par Cara étaient seuls responsables de sa méfiance et de sa crainte à l'endroit du sexe opposé : elle était seule en face de son oncle dans un monde hostile ou indifférent.

Mais elle possédait une personnalité hors du commun. Au lieu de se laisser briser, elle avait lutté pour survivre, pour rester elle-même. Et quand elle croyait n'avoir que haine pour l'humanité, elle cherchait en réalité l'amour.

– Je suis comblé, ma chérie, car tu es à moi, dit le marquis en prenant Cara dans ses bras. Dieu sait que je ne te mérite pas !

– Comment pouvez-vous dire une chose pareille ? J'espérais que vous parviendriez à m'apprécier un peu dans les jolies robes que vous aviez choisies pour moi... Et maintenant je suis tellement heureuse que j'ai l'impression de planer au milieu des étoiles : il n'y a plus que leur beauté autour de nous, toute laideur et toute cruauté ont disparu !

A ces mots Cara fut prise d'un léger tremblement, et le marquis devina qu'elle se remémorait les coups de cravache du comte de Matlock.

– C'est terminé, mon cœur ! Votre tuteur ne peut plus rien contre vous à présent ! Demain il sera sous les verrous, et s'il n'a pas recours au suicide, il se verra condamné à mort par ses pairs.

Le marquis était intimement persuadé que son ennemi n'affronterait pas la justice et qu'il préférerait se tirer une balle dans la tête. Le comte n'avait aucune chance de se faire innocenter. Thistlewood n'hésiterait pas à l'accuser de complicité, et les témoins ne manqueraient pas, tant, chez les conspirateurs que chez les domestiques de la place Grosvenor.

Broome aurait dû se sentir soulagé à l'idée de voir disparaître cet homme si foncièrement mauvais; toutefois il pensait avant tout à Cara et craignait pour elle de nouvelles épreuves. Elle aurait besoin de se sentir entourée d'amour pour oublier tant d'horreurs...

Et alors ils partageraient la joie d'être deux, et merveilleusement heureux!

Comme si elle devinait le cours de ses pensées, Cara lui prit la main pour la poser contre sa joue.

– Ivo, ne me regardez plus comme la nièce d'un criminel, mais comme votre femme et rien d'autre!

– Voilà ce que tu es pour moi, la seule femme qui existe au monde!

Le marquis alluma les bougies d'un candélabre pour contempler les yeux verts et le radieux sourire de Cara. Il n'avait jamais rencontré une beauté aussi émouvante.

Cara tendit les mains pour blottir contre le sien son corps doux et tiède; le marquis sentit naître en lui les flammes du désir, mais il pensa qu'il devait montrer beaucoup de délicatesse et de retenue envers Cara pour l'éveiller progressivement au plaisir, comme une fleur qui ouvre ses pétales au soleil.

En amant plein d'expérience, il avait su lui faire partager l'extase qu'il ressentait lui-même. Mais ce n'était que le début d'une passion qui les emporterait tous deux jusqu'aux cimes du bonheur.

Malgré ses nombreuses liaisons, il n'avait jamais eu l'occasion d'instruire une élève aussi jeune et aussi délicieuse. Il allait entreprendre l'œuvre la plus excitante de sa vie.

Beaucoup de femmes lui avaient plu, pendant un temps plus ou moins long, et il s'était détaché d'elles. Elles avaient tenté de le retenir, mais en vain : ce n'étaient plus que d'aimables fantômes.

Il avait trouvé l'amour absolu, son idéal. Chez Cara il avait découvert le courage, la ténacité, un caractère surprenant chez quelqu'un d'aussi jeune. Elle était le complément exact de sa propre personnalité, et il ne s'en était pas rendu compte jusqu'à présent.

Il eut envers le destin une pensée de reconnaissance avant d'enfouir son visage dans les cheveux de Cara.

Celle-ci s'étonnait de son silence.

– A quoi songez-vous, Ivo? Serait-ce à moi? Je l'espère bien!

– Oui. Je ne suis capable que de t'admirer : tu remplis mon cœur et mon esprit. Et mon âme, si j'en possède une!

– Je saurai t'en convaincre... Oh! ai-je vraiment conquis le redoutable marquis de Broome? Je le croyais plus imprenable qu'une citadelle! Et les plus jolies personnes de Londres s'y étaient cassé les dents!

Son mari éclata de rire :

– Prêterais-tu l'oreille aux ragots? Non, ce n'est pas toi qui m'as conquis : je t'ai capturée, tu es ma prisonnière et tu ne m'échapperas plus!

– Le costume de collégien a cessé de m'être utile... Je le donnerai à Mme Peel pour qu'elle le brûle! Je n'ai plus du tout envie de te quitter. Serre-moi très fort dans tes bras et dis-moi que tu m'aimes vraiment!

Le marquis n'avait pas besoin d'une telle invite pour prouver à Cara l'ardeur de sa passion. Il se laissa envahir tout entier par le brasier qui couvait en lui.

Sentant le cœur de Cara battre follement contre le sien, il l'emporta dans la contrée où deux êtres qui s'aiment ne font plus qu'un, laissant derrière eux tout ce qui est sordide, cruel et laid pour ne plus connaître que le parfait bonheur...

Romans sentimentaux

ARCHER Jeffrey
Kane et Abel (2t. 1684★★★ et 1685★★★)
Le heurt de deux destins que rien ne devait rapprocher.
ARLEN Leslie
Les Borodine (inédits) :
1 - Amour et honneur (1226★★★★)
2 - Guerre et passion (1314★★★★)
3 - Rêves et destin (1364★★★★)
4 - Espoir et gloire (1425★★★★)
5 - Rage et désir (1539★★★★)
Une famille russe à travers la Révolution et la Seconde Guerre mondiale.
BENZONI Juliette
Marianne, une étoile pour Napoléon (601★★★★ et 602★★★★)
Le soir de ses noces, femme outragée, veuve, criminelle, elle découvre l'amour dans les bras d'un inconnu : Napoléon.
Par le fer ou le poison (884★★★★)
Ainsi réglaient leurs comptes les grandes dames du temps jadis...
Le Gerfaut des brumes :
- Un collier pour le diable (2t. 1186 ★★★et 1187★★★)
- Le trésor (1509★★★★)
- Haute Savane (1715★★★★★) *(nov. 84)*
D'Armor en Amérique, l'amour, l'aventure, la bravoure du Gerfaut deviennent légendaires.
BRENT Madeleine
Le léopard des neiges (1660★★★★)
Quel mystère plane sur la naissance de Jani ?
CARTLAND Barbara
Pour l'amour de Lucinda (1227★★)
Elle épouse par ruse le fiancé de sa sœur.
La nymphe de Montmartre (1239★★)
L'ingénue est prise pour une courtisane.
Les amours au paradis (1297★★)
A Bali, un amour exotique et irréel se mêle aux intrigues du gouverneur.
La course aux maris (1310★★)
Laissée sans fortune, Adrina doit sauver ses jeunes sœurs de la misère.
Il ne nous reste que l'amour (1347★★)
Elle se réfugie auprès de son cousin, libertin entouré de cocottes et d'actrices.
L'amour fou de Zivana (1348★★)
Dans la Chine de 1900, au cours de la révolte des Boxers, l'aventure de la jolie Zivana.
L'amour joue et gagne (1360★★)
Il lui reste une seule chance : un riche mari pour sa pupille Christina.
La fleur de Cornouailles (1361★★)
Pour élever ses neveux, Tamara doit demander l'aide d'un homme qu'elle hait.
Une couronne pour un cœur (1372★★★★)
Comment refuser d'épouser un prince, même s'il n'a rien d'un prince charmant ?
Les deux cousines (1384★★★)
L'homme qu'elle aime est aussi celui qu'elle hait le plus au monde.
Vanessa retrouvée (1385★★)
Une nuit, dans une auberge, une inconnue se réfugie dans la chambre d'un jeune homme.
Rencontre à Lahore (1401★★)
Ensemble, ils connaîtront le froid, la faim...
Brelan de dames (1402★★★)
Comment choisir entre trois femmes également ravissantes?
L'amour démasqué (1414★★)
Elle affronte un homme cynique, misogyne.
Evelyne et la panthère noire (1415★★★)
Pour elle, il ressemble à une panthère noire.
Un baiser pour le roi (1426★★)
Le roi a passé la nuit auprès d'elle en tout bien tout honneur.
Lune de miel au Rajasthan (1440★★)
Pour de l'argent il épouse une inconnue.
La duchesse a disparu (1441★★)
L'homme qu'elle aime a-t-il tué son épouse ?
Fortuna et son démon (1454★★)
Elle est l'enjeu d'une atroce machination.
Pirate d'amour (1455★★)
Bertilla devient missionnaire au cœur de la jungle malaise.
Un diadème pour Tara (1482★★)
Elle se croyait lingère, elle devient duchesse.
Les deux amours de Pamela (1483★★★★)
Le jour de son mariage, elle retrouve celui qu'elle aime.
Le sortilège des Antilles (1497★★)
Haïti : un trésor, le Vaudou, les haines raciales et la belle Saona.
Aventure au bord du Nil (1498★★)
L'amour pourra-t-il faire oublier à Shikara son père disparu ?

La tour du bonheur (1506★★★)
L'indifférence d'une coquette face à la brutalité d'un homme de la brousse.

La fontaine aux vœux (1507★★★)
L'enchantement du Palais Borghèse va-t-il éblouir Cléona ?

L'étoile filante (1521★★)
Gracilia se cache dans un château qu'elle croit abandonné.

Le port du bonheur (1522★★)
Elle préfère un flibustier à l'homme choisi par son père.

La fugue de Célina (1537★★)
Plus elle est éprise, plus il se fait distant.

Un amour imprévu (1538★★)
Il trouve une inconnue dans le lit de sa mère.

La princesse orgueilleuse (1570★★)
Un hardi cavalier lui a volé un baiser.

La déesse et la danseuse (1581★★)
Un monde où la brutale réalité côtoie le rêve.

Rhapsodie d'amour (1582★★)
Un baiser volé peut tout changer.

Rêver aux étoiles (1593★★)
Condamnée à épouser un être vil et ivrogne.

Sous la lune de Ceylan (1594★★)
Son fiancé ne lui inspire que de la répulsion.

Les vibrations de l'amour (1608★★)
Fabia exaltait ses nobles sentiments et ses bas instincts.

Duchesse d'un jour (1609★★)
Mariée aujourd'hui, elle doit épouser un autre homme demain.

Duel avec le destin (1626★★)
Au lieu de l'aimer, il propose de l'entretenir.

L'enchanteresse (1627★★)
Elle accepte d'épouser le fiancé de sa sœur.

La belle cavalière (1641★★)
Elle croyait n'aimer que les chevaux...

La tigresse et le roi (1642★★)
Elle sera une tigresse pour son jeune époux.

Un cri d'amour (1657★★)
Sylvia s'enfuit déguisée en bohémienne.

La vallée du bonheur (1658★★)
Une jeune fille peut-elle remplacer un vieux professeur ?

Un dieu pour l'amour (1671★★)
Aux Indes, deux âmes puis deux cœurs se reconnaissent.

Le lys de Brighton (1672★★)
Une lady s'éprend d'un brigand.

Le marquis et la gouvernante (1682★★)
Entre eux, l'amour est-il permis ?

Un duc à vendre (1683★★)
Un mariage d'argent peut-il amener le bonheur ?

Piège pour un marquis (1699★★)
Il découvre une jeune fille sous le siège de sa voiture. *(oct. 84)*

Un baiser pour la vie (1700★★)
Un dieu aztèque protège la douce Pula. *(oct. 84)*

Le talisman de jade (1713★★)
Des hommes s'affrontent, tous épris de Karina. *(nov. 84)*

Les horizons de l'amour (1714★★)
Quand une trop jolie nièce devient une rivale dangereuse. *(nov. 84)*

Le fantôme amoureux (1731★★)
Suffit-il de se déguiser en fantôme pour échapper aux pièges de l'amour ? *(déc. 84)*

Où vas-tu, Mélinda ? (1732★★)
Une ravissante créature passe pour sa femme. *(déc. 84)*

CHARLES Theresa

Le chirurgien de Saint-Chad (873★★★)
Par lui, Inez connaîtra la honte, l'angoisse, l'amour peut-être.

Un amour à Saint-Chad (945★★★)
Deux hommes se disputent le cœur d'Inez.

Crise à Saint-Chad (994★★)
Inez lutte pour sauver son amour et la vie d'une amie.

Fidèle à un rêve (1035★★)
Un jour, Connie retrouve ses amours d'enfant et son cœur se remet à chanter.

Le château de la haine (1190★★)
Etre une enfant volée, voilà son drame.

L'île aux angoisses (1252★★)
Elle risque sa vie pour sa sœur jumelle.

Gare aux sorcières ! (1275★★)
Ses dons de voyance l'éloigneront-ils de celui qu'elle aime ?.

Le charme d'un démon (1298★★★)
Mariage d'amour, mariage d'enfer, une seule chose compte, aimer et être aimée.

Fière citadelle (1323★★★)
Que découvrira la ravissante Déna derrière les murs du manoir d'Arvane ?

Toi seul (1337★★★)
Ils veulent s'aimer malgré la haine qui divise leurs familles.
Les promesses de l'arc-en-ciel (1349★★)
A peine fiancée, Richenda comprend qu'elle est trahie par celui qu'elle aime.
Mon amour des brumes (1374★★★)
Les héros de Pour un seul week-end *et des* Promesses de l'arc-en-ciel.
Un choix déchirant (1428★★)
Choisira-t-elle le notable ou le vaurien ?
Les rebelles de Saint-Chad (1495★★★)
La jeune Billie est déchirée entre l'amour et la compassion.
Un homme se cache (1523★★)
Alison disparait après une visite à un homme étrange.

DAILEY Janet

Le solitaire (1580★★★★)
Une femme doit-elle lutter par le charme ou la violence ?
La dynastie Calder (1659★★★★)
Il possède tout mais pas la femme qu'il aime.
Le cavalier de l'aurore (1701★★★★)
Aventure et passion dans les montagnes rocheuses. *(oct. 84)*

DELL E.M.

La proie de l'aigle (1287★★)
Muriel est contrainte à la fuite dans le désert avec un homme brutal et violent.
Le valet de carreau (1362★★)
L'affrontement passionné de deux êtres séparées par la vie.

DELLY

Les deux crimes de Thècle (1015★★)
Au château de Mieulles les haines s'exacerbent jusqu'au drame.
Une misère dorée (1102★★★)
Une radieuse jeune fille aux prises avec des haines ancestrales dans un manoir autrichien.
La douloureuse victoire (1124★★)
Peut-on aimer une femme, alors que Dieu est tout amour ?
La lune d'or (2t. 1136 ★★★ et 1137★★★)
Dans la pampa, des hommes luttent pour punir les crimes d'un mauvais génie.
Comme un conte de fées (1254★★)
Un pays enchanté où vie et rêve se mêlent.
Le sphinx d'émeraude (1571★★★)
Un amour difficile sous le règne d'Henri III.
Le sceau de Satan (1611★★)
Les envoûtements du passé sont-ils encore redoutables ?

DESMAREST Marie-Anne

Le cycle de Torrents :
- **Torrents** (970★★★)
- **Jan Yvarsen** (1024★★)
- **Jan et Thérèse** (1122★★)
- **Le fils de Jan** (1148★★)
- **Le destin des Yvarsen** (1230★★)
- **Le dernier amour de Jan** (1277★★)
- **L'ennemi de Jan** (1389★★)
- **Le secret de Sigrid** (1595★★).

Qui s'acharne à semer la discorde dans la famille Yvarsen ?

FARNOL Jeffrey

L'apprenti gentleman (1311★★)
Comment réunir les gens qui s'aiment, sauver les jeunes filles en détresse et découvrir l'amour ?
Sauvage Kamala (1386★★)
Après une grave maladie, Kamala oublie tout de l'homme qu'elle vient d'épouser.

GLYN Elynor

Mystérieuse Alathéa (1205★★)
Qui se cache derrière ce masque figé ?
Ardente Amaryllis (1240★★)
Peut-on trouver le bonheur auprès d'un homme diminué ?
Farouche Tamara (1264★★)
Une pudique Anglaise, face à un fougueux Cosaque.

GOLON Anne et Serge

Angélique marquise des Anges
(667 ★★★ à 685★★★ et
1410 ★★★★ à 1412★★★★)
De la Cour de Louis XIV et au glacial Québec, les aventures de la fascinante Angélique.

Achevé d'imprimer sur les presses de l'imprimerie Brodard et Taupin
58, rue Jean Bleuzen, Vanves. Usine de La Flèche,
le 10 septembre 1984
6794-5 Dépôt légal septembre 1984. ISBN : 2 - 277 - 21699 - 2
Imprimé en France

1699
★★

Editions J'ai Lu
27, rue Cassette, 75006 Paris
diffusion France et étranger : Flammarion